C000156755

LES ÉDITIONS DE BEAUVILLIERS

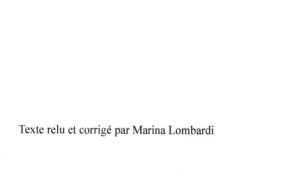
Texte relu et corrigé par Marina Lombardi

NICOLAS FÉBULE

La Vengeance de l'Insensé

Les Éditions de Beauvilliers

© Les Éditions de Beauvilliers.

1 rue Honoré - 93500 Pantin.

ISBN 978-2-38123-059-7

Dépôt légal : Mars 2021

La Vengeance de l'Insensé

« Avant d'être policier, je ne croyais en rien… Maintenant, c'est pire. »

Nicolas Fébule

AVANT LE DÉBUT

– Les constantes sont bonnes, il recouvrera sa conscience d'ici quelques moments.

La porte se referma derrière une ombre que je ne parvins pas à distinguer tandis qu'une autre présence se maintenait dans la pièce à mes côtés. J'entendis la sonorité caractéristique d'un gribouillis sur une feuille, avec ce que je devinais être un stylo-bille. La personne écrivait d'un rythme rapide, voire empressé, témoignant d'une certaine nervosité.

Qu'est-ce que je fichais là, dans cette salle éclairée aux lumières vieillissantes ? Que voulaient dire tous ces bruits, ces bips provenant de machines inconnues à mon ouïe ? À quoi correspondait tout ce cinéma auquel j'assistais en tant que spectateur médusé aux yeux fermés ? Je ne saisissais pas… Le sujet de la scène m'échappait…

Puis, tout à coup, une chaleur intolérable me vint depuis les entrailles ! Comme une montée de lave, partant du bas de ma colonne vertébrale, passant par mes orbites et irriguant ma cervelle d'une fièvre étouffante que je ressentis jusque sur le derme…

Je fus ensuite pris d'une pression intense dans l'estomac, je sentis mes poumons comme arrachés par un état de suffocation complètement insupportable… Je voulus crier, hurler ma douleur, mais il me fut impossible de faire usage de de ma voix…

Blocage du corps ! L'enfer dans les tripes ! Brûlures graves des synapses ! Finalement… sensation de repos… de bien-être… Ouverture des yeux…

Je revenais d'un long coma.

Mon premier regard se posa sur mes pieds au bout de mon lit.

Flous, qu'ils paraissaient mes petits petons, de prime abord. Nets, ensuite, une fois ma vision ajustée.

Je perçus sur ma gauche, un homme, un calepin et un stylo dans les mains, un stéthoscope noir autour du cou ; il n'avait pas encore notifié mon retour à la réalité.

« Un médecin », que je me dis, d'instinct. Ce n'était pas bon pour lui car, aussi compétent qu'il puisse être, je n'appréciais pas les toubibs. Je les tenais en antipathie, les agents de la sainteté médicale…

Ces hommes de science, toujours en train de nous expliquer qu'il ne faut pas manger trop de ceci… trop de cela… qu'il ne faut pas fumer… qu'il faut dormir au moins huit heures par nuit et aller à la selle tous les jours… Sous peine de quoi, ils nous déclarent, au nom d'une charte inconnue du grand public, pourtant bel et bien partagée par tous ces ennemis des excès en tout genre, comme étant « en mauvaise santé ».

Vraiment… je ne les aimais pas, ceux-là…

Nous n'avions pas encore échangé la moindre parole que notre relation partait déjà avec un handicap insurmontable : ses connaissances, mêlées à sa tempérance, m'obligeraient sans doute à faire usage de la force afin de donner résonance à mes moindres appétences. C'en serait très désagréable pour lui… C'en était sûr… J'en étais désolé par avance… Mais s'il devait en être ainsi, alors il en serait ainsi…

Je penchai la tête vers lui de manière brute, robotique. Il eut un sursaut en arrière qui me fit rire intérieurement, puis il s'empressa de contrôler les constantes sur ses engins à bips tout en feignant de m'ignorer.

Je profitai de son inattention pour me redresser, ce qui déclencha chez lui un nouveau geste de recul.

Ce champion de la modération transpirait la peur à travers les mouvements nerveux de sa moustache. Je ne savais pas quelle angoisse l'habitait, celui-là… Mais ce devait être très grave pour qu'il se comporte de la sorte... Je l'apostrophai :

– Excusez-moi, pouvez-vous me dire où je suis ?

– Vous êtes dans une clinique, au service réanimation, qu'il me répondit le plus vite possible, ce docteur à la couardise maintenant vérifiée.

Il pressa le pas vers la sortie, pour me fuir, les yeux baissés, les poils hérissés de frayeur. Je l'interceptai au vol :

– Docteur ! Expliquez-moi !

Il comprit à mon visage fermé que je ne le lâcherais jamais s'il ne me fournissait pas une réponse satisfaisante.

– Eh bien, suite à votre tentative de suicide, nous vous avons plongé dans un coma artificiel. C'était il y a quinze jours. Vous avez beaucoup de chance car vous vous en sortez sans aucune séquelle.

Il sortit sans plus attendre.

Je restai coi sur mon matelas. Je n'étais pas d'accord avec ce qu'il venait d'avancer.

On ne « tente » pas de se suicider... Si l'on échoue dans son entreprise, on n'en reste pas moins suicidé pour l'éternité... On peut éventuellement reprendre une vie que l'on qualifierait de « normale », cependant, on n'est plus que le synonyme de celui qu'on était avant cet échec grandiloquent... les dégâts psychologiques étant irréversibles...

Personne ne pouvait nier ces faits... Ni moi, qui étais sans doute le mieux placé pour juger de la véracité de cette affirmation... ni ce type à la moustache infâme et au courage défaillant...

Je n'étais pas médecin, mais je m'y connaissais plutôt bien dans l'humeur irascible... Mieux que lui en tout cas... Et j'étais certain de mon fait : le suicide se consomme dans sa globalité, jamais à moitié... Il avait tort, ce gros fumier...

Ce toubib ne me plaisait vraiment pas. Sa moustache abjecte, sa blouse blanche tachée de traces de transpiration, ses mains tremblotantes à l'idée de me parler… Il m'agaçait !

Je me demandais d'ailleurs pourquoi il était parti aussi vite. L'avais-je autorisé à quitter la pièce ? Était-il suicidaire, celui-ci, à prendre ce genre d'initiatives malheureuses ?

Je convins de me lever pour lui apprendre les rudiments de la politesse quand une sublime jeune fille débarqua.

– Léa ! m'écriai-je d'instinct, tout à coup enjoué de la voir.

Nous nous serrâmes dans les bras aussi fort que nous le pûmes ! J'étais si heureux de la retrouver ! Si content de la toucher de nouveau ! Si joyeux de sentir encore son doux parfum aux odeurs d'agrumes si peu communes ! Nous nous embrassâmes chaleureusement… Tendrement… Avec autant d'amour qu'il était possible d'en distiller dans cette démonstration de sentiments… Nous mîmes tout notre cœur à l'ouvrage ! Nous étions si beaux ! Si aimants ! En comparaison, même les plus pratiquants parmi les protestants paraissaient volages !

C'est pour dire comme nous étions mignons…

– Tu m'as manquée, qu'elle me devança.

Léa avait cette particularité, ce don, d'avoir toujours la phrase juste. Ces quelques mots suffisaient, nul besoin d'en ajouter plus. Je ne sus pas quoi dire face à tant de gentillesse et de franchise…

Je me sentis ridicule dans le lyrisme et grotesque dans le charisme, du fait de ma blouse d'hospitalisé. Je répondis par un simple : « Toi aussi tu m'as manqué, ma Léa », en la serrant plus fort encore.

Après ces instants d'émotion partagée, Jolie Léa prit un air moins allègre. Elle me fit l'inventaire de ce que j'avais raté au cours de cette quinzaine consacrée à mon repos obligé :

– Écoute, ta hiérarchie te laisse une semaine pour te remettre en forme après ta sortie de l'hôpital. Tu seras affecté en police-secours dans le nord de Marseille à ton retour.

Je souris sans retenue à l'entente de cette merveilleuse nouvelle : je ne retournerais pas à Cannes-Écluse mourir socialement. C'était même tout le contraire ! Je poursuivrais ma courte carrière de policier marseillais, cette fois-ci sur la voie publique !

Je m'étais toujours imaginé en bon flic de rue.

Un vrai flicard… Dégainant son arme au moindre bruit suspect… Frappant toute personne emplie d'ambiguïté se sentant l'âme d'un scélérat… Menottant quiconque s'imaginerait plus égrillard que les plus grands apostats…

Ah ! Ça allait saigner ! Les racailles des cités n'auraient qu'à bien fermer leur clapet ! Je m'occuperais d'elles avec grand soin ! Je les souillerais si besoin ! Ces emmerdeurs du quotidien ! Je leur garantirais un travail manuel d'orfèvre sur leurs lèvres, leurs yeux et leurs genoux cagneux ! Vraiment, je ne pouvais pas espérer mieux comme destinée.

Enthousiaste, je repris :

— Eh bien, on va vadrouiller une semaine à Venise dans ce cas !

Léa ne parvint pas à masquer la surprise sur son doux visage, d'habitude si paisible :

— Le médecin veut que tu te reposes, il me semble. Il ne te laissera pas partir.

— Tu veux parier ? que je lui fis, avec un regard complice teinté de défi. Je sens que j'ai déjà retrouvé du poil de l'animal, que j'ajoutais tout en débranchant les nombreuses perfusions emboîtées dans mes bras.

Les machines s'affolèrent en « bips » infernaux. Le médecin, assisté d'une aide-soignante derrière lui, fit irruption dans la pièce, effarouché :

— Nicolas ! Arrêtez immédiatement ! Recouchez-vous ! Sinon…

— Sinon quoi, Doc ? que je l'interrompis.

Les deux nouveaux venus se figèrent tels des statues de cire.

– Écarte-toi de mon chemin, avant que je t'écartèle, que je l'achevai, dans mes dents, pendant que j'enfilais mes vêtements.

Tout le monde se tut dans la chambre, le temps s'était brusquement stoppé. Je l'avais neutralisé en une menace bien placée, le lâche.

Une fois changé, disposé à quitter les lieux avec ma jolie Léa, nous passâmes la porte pour débouler dans l'entrée de la clinique. Le médecin, toujours collé à mes baskets, se sentit subitement pousser des ailes, me dépassa et se posta devant moi, les bras croisés. Il me dit de manière très ferme, quasi autoritaire :

– Nicolas, vous ne passerez pas !

– Bien entendu, Gandalf ! que je lui répondis avant de le cogner.

La tarte que je lui tirai dans la tête le fit valdinguer en arrière ! Sur les fesses, qu'il se retrouva, notre héros du jour !

Il n'aurait jamais dû me chercher des noises, ce con-là.

– Quand on me cherche, on me trouve, c'est inévitable, que je lui assénai.

Les lois protègent les plus faibles… Mes lois personnelles, contrairement à celles bâties par nos sociétés nivelées vers le bas, ne confèrent aucun droit aux plus fragiles… Ce clinicien venait de payer le prix du rappel à la réalité…

Confiant dans mes capacités à éviter les excès de virilité, je l'enjambai comme si de rien n'était. Lui, trop secoué par la violence du coup prescrit, ne m'empêcha pas de passer le portique de sécurité.

Mais au moment où nous pensions sortir de la bâtisse dédiée aux êtres en mal de santé, un gigantesque monsieur tout chauve débarqua de nulle part.

Il m'apostropha de loin en courant dans ma direction, avec l'air vaillant d'un super-héros qui s'en va rejoindre sa défaite sans en être conscient.

À peine eus-je le temps de l'apercevoir dans mon champ de vision qu'il fut déjà à ma hauteur, le poing dressé en l'air, désireux de m'impacter de tout son élan… Le malheureux, féroce et totalement insensé, s'aventurait sans le savoir au-delà de ses limites…

Ma jambe gauche se leva très haut vers sa mâchoire… Mon tibia, aussi aiguisé qu'un hachoir, heurta violemment l'arcade sourcilière du presque Jason Statham…

Autrefois assaillant, il bascula, en même temps que sa tronche toucha le sol, du côté de la victime toute désignée.

Les bras en croix dans une mare de sang, mon Bruce Willis regardait des anges imaginaires au plafond. Les quelques spasmes de douleur qui le parcouraient lui donnèrent un rôle complètement miséreux à côté du docteur, assis auprès de lui, la joue rouge écarlate, épouvanté par la classe de mon coup de pied.

— Mon lit est encore chaud, n'hésite pas à le prendre, ce serait dommage qu'on accuse cette foutue clinique d'avoir des lits disponibles inoccupés, que je fis au-dessus de son visage avant de lui cracher un énorme mollard sur la manche gauche.

Je me retournai pour rejoindre Jolie Léa qui patientait en bas des escaliers de la clinique, pensant que ces petits accrochages appartenaient déjà au passé.

Soudain, un vieillard en déambulateur se mit au milieu de mon chemin :

— Monsieur, votre comportement est inqualifiable !

— Monsieur, le vôtre, de comportement, est kamikaze !

— J'appelle la police, vous rendrez des comptes pour vos violences !

— La police, c'est moi ! Ouste ! Gros taré, bouge ! Ou tu vas prendre une danse !

Le vieillard, d'au moins quatre-vingts années, n'esquissa aucun geste de déférence envers ma personne.

Il était mignon celui-là, avec sa poche de stomie bien visible, ses fils dans le pif qui l'aidaient à respirer, et ses intraveineuses plantées dans ses bras squelettiques... À la réflexion, je pense qu'il était sénile... qu'il ne maîtrisait plus ses actes...

La vieillesse, n'étant pas synonyme de sagesse... La vieillesse ne pardonnant pas tout... Il allait ramasser pour tous les moralisateurs puants de notre époque... Ces gens que je détestais encore plus que les médecins...

Je pris un pas de recul, comme pour l'inviter à croire qu'il avait gagné la bataille du plus courageux, lui dis sur un ton monotone qui le rendit fébrile : « Si tu en veux, je vais t'en donner », et envoyai une manchette dans sa glotte du plus fort que je le pus.

Le quadragénaire tomba sur les genoux, dans le silence, paralysé par la souffrance.

Je fis volte-face afin d'analyser les témoins du spectacle dans la salle d'attente :

– D'autres irréductibles ? D'autres volontaires ?

Personne n'osa rétorquer à mon invitation. Je conclus :

– Non ? C'est bien. On reste bien assis. Et surtout, on ferme bien sa gueule, les pouilleux.

C'est ainsi que je descendis la dizaine de marches qui me séparaient de ma Léa adorée.

Que c'était bon de reprendre du service !

Tenez-vous prêts car je suis en pleine forme ! Tenez-vous prêts car j'ai faim et que je vais tous vous bouffer ! Je reviens pour tout fracasser ! Accrochez-vous ! Je vous préviens ! Je pars pour Venise et je reviens à Marseille pour câliner tous les vilains des quartiers nord ! Soyez-en certains ! Tout le monde aura droit à sa dose de puissance ! Ça va être *hardcore* ! Vous n'aurez jamais vu une si belle démonstration de violence de toute votre existence ! Personne ne peut m'arrêter à part la Mort ! Et à la Mort, je lui dis : tu n'es pas prête !

***

Jolie Léa et moi débarquâmes à Venise le soir même de ma pseudo évasion hospitalière.

Nous fûmes immédiatement stupéfaits par l'ambiance tranquille que dégageait cette ville tout à fait atypique.

Venise, c'est une ville aux pieds dans l'eau. Entre les vaguelettes qui clapotent sur les berges de la cité... ses crues bien connues du grand public pour quasiment obliger ses habitants à sortir palmes, masques et tubas... et ses gondoles conduites avec dextérité par des hommes habillés de costumes traditionnels...

Non, vraiment, il n'y a pas deux Venise. Et il n'y en aura jamais deux.

Nous fûmes époustouflés par les ponts qui joignent deux quartiers apparemment intouchables... par l'étroitesse des rues qui n'empêche pas pour autant les Vénitiens de vivre une existence conviviale autour de comptoirs savamment décorés... ou encore par les quelques grands espaces sublimes et paisibles, réservés aux excessives manifestations des richesses royales de jadis.

Quel fut notre effarement quand nous nous trouvâmes sur la place San Marco ! Cette place qui se laisserait contempler des heures entières sans qu'aucune description suffisamment dithyrambique ne puisse s'en dessiner, tant l'apaisement ressenti prend le dessus sur l'envie de chercher les bons mots.

De quelle dérangeante sensation nous fûmes envahis lorsque nous posâmes nos yeux sur le fameux Pont des

Soupirs ! Ce vieux monument fantastique ! Magnifique ! Historique ! Mais gênant... quand on comprend que les condamnés à mort passaient par cet endroit avant de se faire décapiter devant un peuple en joie...

Léa et moi pensâmes alors que les autres touristes autour de nous étaient macabres... Puis nous constatâmes que nous étions nous aussi attirés, malgré nous, par le sanglant, le sidérant, l'indescriptible...

Belle inhumanité, sans cesse à nous donner des leçons d'humilité...

Quelles larmes nous arracha l'Hôtel Danieli quand nous vîmes la note pour l'engloutissement de deux desserts...

Cet hôtel, avec une vue imprenable sur la mer, aussi connu pour les scènes tournées en son enceinte que pour avoir été un lieu de repli privilégié pour les plus illustres écrivains...

Quel respect nous suscita le ghetto juif dans le nord de l'île. Nous y goutâmes le meilleur café pour un prix dérisoire...

Enfin, quelles magnificences que les quatre ponts surplombant, avec force et finesse, le Grand Canal de la ville ! Chaque nouveau point de vue offrait des possibilités infinies de souvenirs inoubliables.

Nous fûmes marqués, Léa et moi, par Venise. Jamais nous n'avions songé trouver tant de tranquillité dans cette cité. Venise, c'est une source inépuisable d'apaisement.

Nous revînmes à Marseille, nos têtes encore fourrées dans cette Venise sinueuse.

Reposés, heureux, nous nous sentions parés pour reprendre nos vies d'antan.

Non, vraiment, il n'y a pas deux Venise. Et il n'y en aura jamais deux.

LE DÉBUT

Le lundi survint enfin.

Je pris contact avec les membres de l'équipe de police-secours, ma brigade d'affectation.

La police-secours, c'est la base de la police. Sans police-secours, plus de police. C'est une vérité partagée par tous les agents, quelle que soit leur direction d'emploi.

Travailler en police-secours, ça implique de s'intéresser aux problèmes des cas sociaux qui appellent le dix-sept tous les jours. C'est aussi façonner sa patience au gré des interventions, car la race humaine est épuisante, en particulier quand un conflit ouvert éclate entre ses congénères. Enfin, et malheureusement, c'est subir de trop nombreuses servitudes comme les gardes statiques à l'hôpital ou emmener les déférés des commissariats aux palais de justice par exemple...

C'est une affectation prenante, toujours... Dangereuse, parfois...

La police-secours, c'est la première intervenante... Différends familiaux, vols, constatations, attentats... C'est elle qui prend les risques au détriment de sa propre sécurité pour assurer celle du plus grand nombre... Il faut une certaine noblesse de cœur pour aimer ce métier...

Ce fut donc avec honneur et humilité que je montai, en compagnie de trois collègues forts sympathiques, dans un véhicule sérigraphié aux deux-cent-mille kilomètres bien tassés.

Au cours de la patrouille, le chef de bord, que j'avais détecté comme très expérimenté à travers la sagesse qu'il dégageait, engagea la conversation :

– Lieutenant, vous connaissez les quartiers nord ?

Je compris qu'il allait m'avertir de certaines choses capitales quant à cette zone hasardeuse. Je répondis :

– Pas spécialement. À vrai dire, je n'y passe pas mes vacances.

– Oh, vous avez tort ! qu'il me fit plein d'entrain. Les quartiers nord de Marseille, c'est une véritable réserve naturelle pour un flic.

Il vit à mon silence qu'il m'intriguait, il reprit sa science :

– À Marseille, il n'y a que des gagas, mais dans le nord, c'est pire ! Ici, vous pouvez contrôler n'importe qui, vous trouverez toujours un motif d'interpellation. Ce sera soit pour du stup, soit pour une arme, soit pour une fiche judiciaire. Et si vous ne trouvez aucune infraction, c'est que le gars n'est pas d'ici.

J'acquiesçai, content de savoir qu'il y aurait de l'activité à assumer. La discussion continua ensuite sur les cités, ces ignominies urbaines qui rendaient la tâche bien difficile.

Chacun alla de son petit commentaire relatant ces états de guerre : « Moi, une fois, je me suis retrouvé à courir en jetant des grenades par-dessus ma tête, ils étaient cinq mille à me courir dessus » ; « Moi, une fois, je me suis retrouvé à dix contre un dans un hall d'immeuble, c'était chaud » ; « Moi, une fois, je me suis pris un pavé gros comme un gabian adulte, j'ai pas fait le fier »… Les anecdotes ne finissaient pas…

Ils me contentaient, les collègues, avec leurs affaires toutes plus extravagantes les unes que les autres.

Moi aussi, j'en voulais ! Lancer des grenades ! Impacter au LBD ! Me bagarrer dans les cités ! J'impatientais !

Nous patrouillions à ce moment-là aux abords de la cité C, qualifiée pudiquement de « compliquée » par l'unanimité du personnel à bord. Le conducteur demanda alors à ses complices :

– On lui montre, vous êtes d'accord ?

Les autres mimèrent un « oui » furtif de la tête.

Leur approbation tout juste reçue, il rétrograda la seconde pour se diriger à fond les ballons vers la seule entrée de la cité ! Nous pénétrâmes dans la mini-ville aux barres d'immeubles immondes à toute allure ! Notre parcours fut aussitôt signalé par des « arah » émanant de toute part.

Je vis tout à coup des dizaines de jeunes en jogging partir en courant dans les différents halls situés aux alentours. En un rien de temps, plus personne ne se trouva dans la rue devenue désormais fantomatique… Comme si aucun habitant n'avait jamais résidé ici…

Nous arrivâmes au bout d'un cul-de-sac qui ressemblait plus à une décharge de voitures brûlées qu'à un parking. C'était un véritable marché de pièces automobiles à ciel ouvert.

Nous fîmes demi-tour pour ressortir plus calmement. Le chef de bord m'informa :

– Ils se sont précipités pour planquer le stup. Maintenant, ils vont nous observer et attendre qu'on s'en aille.

Ce fut exactement ce qui se produisit. Au moins une centaine de ces jeunes apparurent de partout. Certains couvraient même leur visage avec des cagoules et des masques de ski, d'autres crachaient à notre passage.

Je décryptai une haine envers notre uniforme que je trouvai démesurée, complètement disproportionnée par rapport à nos réelles intentions.

Soudain, au milieu de ces racailles, je reconnus sans le moindre étonnement un individu tout à fait distinct à mes yeux.

– Vous voyez le Noir là-bas ? Il s'appelle Diakité, j'ai mis son frère en prison l'été dernier. Et lui, je l'ai foutu en garde-à-vue.

– Tu veux aller…

Je ne laissai pas mon acolyte finir sa phrase et je sortis du véhicule en direction de mon Diakité chéri. Tous ses amis partirent se réfugier dans les cages d'escalier les plus proches, peu habitués à ce qu'un policier fonce vers eux avec autant de confiance.

Seul Diakité était resté, pétrifié sur place. À son regard hagard, il ne m'avait vraisemblablement pas oublié.

– Bah alors ! Mon p'tit Diakité, tu vas bien ? Tu sais que t'es mon préféré toi, hein ? que je le provoquai en lui ébouriffant ses cheveux crépus.

Cet imbécile ne me répondit pas. J'insistai :

– Et ta salope de sœur de Diakita, elle va bien ?

Il baissa la tête pour contenir sa colère de ne pas pouvoir réagir. Je poursuivis sur ma lancée :

– Bon, et sinon, quand c'est que je te remets en garde-à-vue, sale fils de pute ?

Diakité tint bon. Il resta muré dans le silence le plus complet. Je le félicitai pour son courage en le bousculant avant de revenir vers la voiture où les collègues m'attendaient.

C'est alors que j'entendis un murmure, « Trou du cul », prononcé par mon mignon Diakité.

Mon sang ne fit qu'un tour dans mon corps ! Je dégainai ma matraque télescopique ! Je fondis sur lui avec le plus de détermination possible ! La bave aux lèvres ! Je l'impactai ! Bam ! Un grand coup dans le genou ! Bien franc ! Bien sec ! Bien dur ! Comme on les aime, les impacts ! Bien percutants !

Un grand « *crack* » précéda les hurlements douloureux de ma victime qui gigotait dans tous les sens sur le sol.

– Mon p'tit Diakité, tu fais la planche ? que je lui fis, penché sur lui, avant de quitter définitivement les lieux.

– Tu me le paieras, qu'il me lâcha entre deux cris.

Nous démarrâmes sans plus nous préoccuper de son sort.

Après quelques minutes de mutisme pesant, le chef de bord me reprocha d'« y être allé un peu fort sur le garçon ». Je le rassurai :

– Les os, ça repousse bien à son âge, ne vous en faites pas.

J'en déduisis que mon baptême du feu avait été un succès intégral.

***

Notre balade continua encore un long moment au rythme des coups de volant du conducteur. La station directrice semblait bien peu bavarde, peu encline à nous attribuer une quelconque mission, aussi futile et inutile eût-elle été.

La station directrice, pour les non-initiés, c'est des policiers qui répondent aux appels dix-sept et qui transmettent les missions aux différentes voitures en patrouille. C'est celle qu'on doit écouter et à qui on rend des comptes une fois nos obligations remplies.

En l'absence de directives imposées par celle-ci, nous avions carte blanche pour laisser libre court à notre imagination en ce qui concernait nos activités. J'orientai, d'une manière insidieuse, le fil de nos occupations par une question bien sentie :

– Vous participez à la lutte contre les stupéfiants ?

– À notre façon, oui. Tenez, Lieutenant, vu qu'on n'a rien à faire, on va vous montrer.

Nous étions, par le plus grand des hasards, sur l'avenue qui menait justement à la cité K.

Le procédé fut identique à celui réalisé dans la cité C. L'équipage déboula en trombe dans la place. Des « arah » s'élevèrent dans les airs.

Je ne fus plus du tout impressionné, je m'étais vite habitué à cette ambiance de défiance permanente envers l'autorité… Sauf que cette fois-ci, au lieu de faire un tour pour ressortir aussitôt, le chauffeur s'arrêta en face de l'un des jeunes en jogging.

Celui-ci était assis tranquillement sur un fauteuil au beau milieu de la voie publique. L'abruti venait lui aussi, à l'image de ses semblables, de crier le fameux « arah », sans pour autant bouger de son poste de surveillance avancée.

Nous le fixâmes quelques secondes pendant que l'idiot sirotait son Coca sans réagir. À en croire le nombre de carcasses métalliques par terre, l'individu en était à son quatrième de la journée. Sa cagoule ne laissait apparaître que ses yeux et sa bouche. Nous sortîmes du véhicule tous en même temps.

– Monsieur, vous nous montrez votre visage et vous nous présentez des papiers d'identité.

C'était le chef de bord qui, sur un ton ferme mais toutefois courtois, tentait de secouer notre heureux élu.

Notre victime, nonchalante, s'exécuta. L'agent fit quelques manœuvres sur sa tablette électronique puis, après ce léger flottement où chacun se regardait sans rien dire, reprit :

– Je résume. Pour le « arah » qui vous échappe toutes les fois où l'on vient vous visiter, c'est constitutif d'une émission de bruits portant atteinte à la tranquillité du voisinage : contravention de troisième classe.

Pour les canettes de Coca que vous ne jetez pas dans la poubelle prévue à cet effet, c'est constitutif d'un dépôt ou abandon d'ordures, de déchets, de matériaux ou d'objets hors des emplacements autorisés : contravention de troisième classe également.

Pour la cagoule, c'est constitutif d'un port d'une tenue destinée à la dissimulation du visage dans un espace public : contravention de deuxième classe.

Cela vous fera cent soixante et onze euros d'amende.

L'adolescent ne dit rien et signa sur la tablette le procès-verbal électronique. Il ne réagit pas, sans doute choqué par le trou dans le porte-monnaie qu'on venait de lui infliger.

Je trouvai cette méthode peu commune mais redoutable !
Formidable ! Dévastatrice !

Sur le long terme, l'argent, c'était s'assurer de ne jamais
voir s'effacer le passé délinquant des infracteurs. C'était bril-
lant ! Il était fort, ce chef de bord !

– Lieutenant, vous voyez, ils sont payés environ soixante
euros la journée pour faire les schouffs. Grâce à nous, il perd
trois jours de salaire. Et comme on va revenir dans une heure
pour le tartiner de plus belle, il n'a pas fini de travailler pour
rembourser ses dettes. Vous comprenez le raisonnement ?

Un peu que je le comprenais, le raisonnement. C'était du
génie, cette manip', à l'état pur.

La technique était infaillible.

Nous dîmes au revoir à ce schouff décidément apathique et
retournâmes dans la voiture.

– Lieutenant, vous aimez le routier ? qu'il me fit d'un coup
pour changer de sujet.

Ils m'expliquèrent se livrer à un jeu dénommé « Immo-
bile », par contraction de « immobilisation » et de « automo-
bile ». Les règles de ce jeu policier étaient d'une simplicité
édifiante : faire chier les gens qui le méritaient.

Pour cela, il suffisait de se placer dans un lieu de grands
départs, tel que les gares, les ports et les aéroports, puis de
trouver, au cours d'un contrôle routier tout à fait banal, un
motif d'immobilisation du véhicule, objet du contrôle et de
jouissance intérieure pour nous. Le contrevenant n'avait plus
qu'à faire les réparations nécessaires pour récupérer sa carte
grise et partir vers sa destination tant convoitée, le portefeuille
soulagé de quelques centaines d'euros, le permis amputé, lui
aussi, de quelques points.

Cet amusement me semblait des plus divertissants. Nous
fonçâmes vers le port de Marseille, un ferry en direction de la
Mauritanie se tenait justement prêt à partir.

Sur le trajet, nous relevâmes d'innombrables infractions routières « à la volée », c'est-à-dire sans arrêter ni avertir le conducteur infracteur. « Le procès-verbal électronique », que ça s'appelait. Tout se faisait à distance, à partir d'une bête plaque d'immatriculation et d'un modèle de véhicule.

Le procès-verbal électronique, arme de destruction massive de la police ! La technologie, source infinie de fric pour le fisc !

Je fus réellement halluciné par l'efficacité du système. Surtout, je fus immédiatement et totalement acquis à cette technique. Je réalisais désormais le pouvoir de nuisance que l'on me mettait entre les mains. Pouvoir que je m'efforcerais de distiller avec intelligence.

Seuls les vrais emmerdeurs tâteraient de mon intolérance ! J'en faisais un sacerdoce !

Arrivés sur le port de Marseille, nous posâmes pied à terre avec la détermination bien affichée de faire un carnage.

Mes collègues à mes côtés, je me sentais tel un requin dans un aquarium face aux nombreuses automobiles garées ici et là sur les bords de la route.

Je le voyais aux mines déconfites des conducteurs désireux de rejoindre leur pays au plus vite : ils nous craignaient. Car ils savaient que nous ne venions pas pour plaisanter. Ils avaient bien saisi qu'aujourd'hui, ils allaient devenir nos sujets de plaisir.

Le premier contrôle fut une boucherie, en ce sens qu'il déboucha sur plus de six-cents euros d'amende et une immobilisation de la charrette. J'écris ici volontairement « charrette » car il n'y a pas d'autre terme pour décrire la vétusté du véhicule. Tout cela à cause de l'usure extrême des quatre pneus, qui étaient évidemment à faire changer dans les plus brefs délais.

Petit bonus imprévu, le retrait de la carte grise du conducteur l'empêchait de se présenter au départ du ferry dans les temps d'embarquement. Il perdait donc, en plus de tous les coûts précités, le prix du billet.

Mais ce n'était pas fini… puisque le miteux devait désormais acheter un nouveau billet pour le prochain bateau… Dans vingt jours !

S'ajoutaient ainsi les frais de maintien sur place dans l'attente du départ suivant… L'homme se retrouvait à genoux financièrement… À poil, même !

Tout cela en un contrôle de quinze minutes.

Tout cela dans la légalité la plus totale.

Tout cela avec le sourire des agents et les remerciements de la police nationale, ce sublime service public !

– Bonne journée Monsieur, que nous lui souhaitâmes avant de passer à un autre futur ruiné.

– Elle ne va pas être bonne ma journée, je vous le dis, Messieurs, qu'il nous contredit, véhément, la larme à l'œil.

Nous en restâmes là pour celui-ci. Nous venions de faire basculer sa vie dans un tumulte de dettes fortuites. Que c'était bon de gâcher le quotidien des gens !

Notre attention se porta vers une deuxième auto.

L'homme, qui avait bien senti son tour venir, nous présenta de lui-même les papiers exigés avec un respect suspect. Il tentait donc la carte de la bonne foi, de la politesse infinie, de l'hypocrisie non dissimulée.

Nous lui répondîmes par une gentillesse malveillante, qu'il perçut comme un échange de complicité. Il déchanta subitement quand nous lui annonçâmes en chœur l'immobilisation de sa poubelle du fait d'une assurance défaillante.

Par la suite, il baissa les yeux lorsqu'il vit un total de deux mille six-cents euros de contravention bien méritée.

Le malheureux, retraité de son état, se transforma alors en marchand de tapis en nous rappelant son faible revenu de seulement sept cents euros par mois.

— Vous me demandez de jeter mes quatre prochains salaires par la fenêtre, comment je fais pour survivre, moi, derrière ? qu'il argumenta.

— C'est exactement ce que nous vous demandons. D'ailleurs, pensez à payer sans délai car il y aura des majorations en cas de manquement, qu'il répondit le chef de bord, avec une répartie hors normes.

La détresse exprimée par l'attitude du misérable me fit exploser de rire. Mes moqueries ne furent pas déontologiques, certes, mais je ne pus retenir plus longtemps l'expression de ma béatitude euphorique.

J'avais trop souvent subi les mauvaises volontés des cons. Je goûtais enfin au bonheur procuré par la vengeance infligée aux aigrefins.

Que c'était succulent de les voir pleurer après notre passage ! Que c'était jouissif de faire appliquer les lois telles qu'elles étaient définies ! Que c'était grisant de faire passer des gens qui se croyaient tout permis au stade d'indigents ! Et tout cela sans transition ! Aucune ! Aussi sec qu'un coup de matraque dans le menton ! Ou dans le genou…

Ce fut dans ce sentiment de puissance que nous revînmes au service. Ma première journée en police-secours s'était avérée bien plus enrichissante que je n'aurais jamais pu l'imaginer.

J'avais déjà hâte d'être au lendemain.

***

Ce fut gonflé de résolution, après une courte nuit de sommeil tant l'excitation d'apprendre de nouvelles choses était prégnante, que je retrouvai les mêmes collègues que la veille.

Nous embarquâmes à bord de notre vieille voiture dans une configuration identique à la précédente patrouille.

Nous commençâmes par prospecter dans quelques cités proches du commissariat pour nous échauffer aux éventuelles échauffourées futures... Une vacation nécessitant une certaine concentration, le fait, pour nous, de nous mettre en conditions professionnelles de vigilance, était un préalable incontournable.

Après des contrôles d'identité tout à fait tranquilles, nous décidâmes de nous lancer dans une opération plus complexe qui consistait à attraper un « charbonneur ».

Quelques définitions utiles s'imposent ici.

Sur un point de deal, on trouve tout d'abord des schouffs. Souvent âgés entre dix et seize ans, le schouff, comme son nom l'indique, a pour mission de s'assurer que seuls les consommateurs pénètrent dans la cité.

En cas d'invasion du point par les forces de l'ordre, le schouff prévient les autres, qui sont normalement plus enfoncés dans la zone, par des « arah ».

Ce laps de temps entre notre entrée dans la cité et notre arrivée effective sur le lieu du trafic permet aux infracteurs de se cacher et de soustraire toute substance illicite à notre vue.

Après le schouff, il y a tout un tas de « jeunes » qui participent au trafic par leur simple présence sur le point.

Ils habitent la cité, sont connus des services de police, savent à peine lire et écrire, n'ont jamais travaillé de leur piteuse existence, feront un jour ou l'autre des séjours en prison pendant lesquels ils prendront du grade dans le domaine de la criminalité organisée, et finiront enfin leur insignifiante fortune avec une balle dans la tête, tirée sûrement par la concurrence.

Ils garantissent une sécurité par leur occupation de la voie publique. Ce sont en général les premiers à balancer détritus, pierres, boules de pétanque et appareils électroménagers, sur les forces de l'ordre. Ils défendent le trafic, l'améliorent, le font durer dans le temps.

Ces « jeunes » n'ont pas de fonction attitrée, personnellement, je les nommais « crasseux », « cramés », ou « crapauds ».

Il y a ensuite le « charbonneur ».

Ce bipède-là joue un rôle essentiel, puisqu'il alimente le point en drogues. C'est aussi lui qui garde l'argent du trafic avant que ce dernier ne soit emmené par mesure de sécurité ailleurs dans la cité.

Ainsi, le charbonneur porte, dans sa banane, un peu de stup et un peu d'argent. Il est donc une prise convoitée par les forces de police. Il passe ses journées à faire des allers-retours entre le point de deal et le lieu d'entrepôt du stup. Mieux payé que les schouffs, le charbonneur court vite afin de maximiser ses chances de s'échapper lors de nos incursions improvisées.

Enfin, les produits sont découpés, conditionnés et mis sur le marché à partir de plusieurs appartements que l'on appelle « nourrices ».

Difficile de brosser un portrait type de la nourrice. Ça peut être Madame Michu, dont les cramés ont forcé la porte pour y déposer le tout, comme la famille de l'un des crasseux précités. Qui que ce soit, la nourrice est souvent située dans les étages, eux-mêmes bloqués par des amas de portes, chaises, barres en fer dans les escaliers, rendant son accès bien difficile pour les braves policiers.

Tout ce petit monde fonctionne en vase clos dans le but d'optimiser les ventes et la qualité des produits. Les crapauds sont prêts à tout pour conserver leurs parts du marché.

Ils sont parfois offensifs et tentent d'en voler aux concurrents à grands coups de fusillades, d'assassinats ou même d'enlèvements avec demande de rançon. Le trafic illicite est donc l'affaire de tous, du consommateur aux fabricants, en passant par les habitants.

Au milieu de tout ça, un acteur joue le rôle de régulateur.

Il s'agit de nous, les policiers, qui, grâce à un harcèlement quotidien, essayons de perturber cette machine infernale, le temps de notre présence du moins.

Notre combat était vain, il était impossible d'endiguer ce fléau qui tuait des gens par milliers chaque année.

Y songer était une aberration. « Le stup, c'est pour se faire plaisir », qu'on se répétait toujours entre nous. Notre seule motivation était l'adrénaline de l'interpellation. Quand on le pouvait, en cas d'absence de caméras, on ajoutait un bonus consistant en une bonne crêpe sur la joue du cramé. On disait par la suite qu'il avait pris un « coup de soleil ».

Ce fut avec cet esprit de conquête que nous positionnâmes discrètement deux des confrères dans une rue située au-dessus de la cité C, notre cible.

Selon nos connaissances, le charbonneur en question avait pour habitude de se poster en haut des escaliers, à une vingtaine de mètres d'un immeuble haut de six étages.

Il fallait donc fondre sur lui et le capturer avant qu'il ne disparaisse dans le hall.

– Lieutenant, quand vous serez au milieu de la cité, imposez-vous, ne leur montrez surtout pas que vous avez peur. Sinon, ils s'engouffreront dans votre faiblesse et vous serez perdu.

– Moi ? Peur ? que je lui répondis, indigné.

Ça se voyait, qu'il ne me connaissait pas, le collègue. Ce n'étaient pas des minots des quartiers qui allaient m'effrayer... Ce serait plutôt à eux de craindre la foudre quand je me trouverais dans les parages...

Je me jurai de lui démontrer à quel point j'étais serein dans l'adversité !

Les collègues en pédestre cachés au plus près de l'immeuble en question, nous chargeâmes avec le véhicule dans le cœur de la cité.

La stratégie se limitait à attirer l'attention sur notre véhicule afin de laisser croire au charbonneur que nous ne venions que par un côté. Les collègues n'auraient ainsi plus qu'à le surprendre sur ses talons.

Tout de suite, les « arah » nous reçurent à pleins décibels ! Les cramés se dispersèrent dans tous les sens ! Nous arrivâmes directement face à l'immeuble indiqué ! Nous sortîmes du taco en courant vers la cage d'escalier ! Le plus vite possible ! Les yeux injectés de sang ! Pour bien signifier à tout le monde qu'on n'était pas des marrants !

J'entrai le premier dans le hall ! Le poing fermé ! Prêt à en décocher une au premier venu !

Je cherchai pendant quelques secondes les collègues, normalement déjà à l'intérieur…

Malheureusement, je compris au calme de l'endroit que nous avions une longueur de retard sur le charbonneur… Je me trouvai fort déçu… Notre lenteur nous avait joué un sale tour…

Nous tombâmes sur les deux collègues qui revenaient sur leurs pas. La chance ne nous avait pas souri, ils étaient partis de trop loin pour parvenir à suivre le charbonneur. Il avait disparu dans un appartement refuge dont lui seul connaissait l'emplacement.

C'était ça, la vie de chasseur, beaucoup d'essais pour peu de réussites. Le temps tournait en notre faveur, nous l'aurions bien un jour… Tôt ou tard… nous finirions par ramener notre gibier dans notre demeure… Nous étions confiants quant à cette destinée…

À notre sortie de l'immeuble en vue de regagner notre voiture sérigraphiée, nous fûmes fort surpris par la présence des crapauds tout autour de nous. Ce n'était pas normal de leur part de s'approcher autant sans raison, surtout au moment de notre départ quand le trafic pouvait reprendre son cours normal…

Je vis à l'attitude mal assurée de mes trois confrères qu'ils n'étaient pas habitués, eux non plus, à cette situation. Quelque chose se tramait... Et il fallait vite comprendre pour ajuster notre réponse en fonction de la menace...

Un rapide état des lieux me permit de saisir ce qui faisait douter les membres de l'équipage. Tous les crapauds nous filmaient sans observer aucune forme de discrétion... Plus exactement, ils me filmaient moi...

Je me figeai.

Je n'étais pas accoutumé à ces faits. L'un d'eux commenta sa vidéo :

– C'est lui qui a frappé Diakité ! Nicolas ! Il s'appelle Nicolas, ce fils de chien !

Mon sang se glaça !

Toute l'assurance que j'avais tentée de démontrer jusque-là s'envola en une fraction de seconde !

Je fus si déstabilisé que je ne parvins pas à les dénombrer, les jeunes me parurent être cent ! Deux-cents ! Trois-cents autour de moi !

Je m'affolai ! Respirai de plus en plus fort !

Mes pupilles devinrent noires et s'agrandirent à la façon de celles d'un animal en fuite de son prédateur !

J'étais passé de l'autre côté... De chasseur, j'étais devenu le chassé ! Le traqué que l'on poursuivait jusqu'à ce qu'on l'ait tué ! La cible ! La victime !

Je me précipitai dans la voiture. Les collègues m'imitèrent. J'entendis très distinctement, entre deux insultes, une menace qui me paralysa :

– On sait où t'habites, t'es mort !

Ma réputation était faite... Mais pas dans le sens que j'avais souhaité... Le collègue m'avait averti... J'avais failli...

Maintenant, ils allaient exploiter mon asthénie... J'étais fini... sans même avoir commencé...

***

Le lendemain de ma grande débandade, je retournai, la peur aux intestins, retrouver mes collègues du matin.

Ce fut autour d'un café amical dans la salle de repos que nous apprîmes notre première tâche de la journée. Nous devions rejoindre, non loin de la cité C, trois jeunes individus, martyres des crasseux, maîtres des lieux, afin de les aider à déménager. Nous ne reçûmes pas plus d'informations sur les tenants et les aboutissants de l'affaire.

Dans une cité, on peut être victime de beaucoup de choses... Parfois difficilement imaginables pour le commun des mortels. Rackets... Vols... Viols... Meurtres... Il y en avait pour tous les goûts, des belles et des moins belles...

Et il arrivait de temps en temps qu'à force de voguer de victimisation en victimisation, on en vint à devoir évacuer le quartier... C'était sûrement ça, leur histoire, à nos trois pauvres affolés de ce début de journée.

Bien que la mission suscitât de nombreuses interrogations, j'étais, pour ma part, certain d'un fait : j'aurais à braver mes plus profondes appréhensions. Je n'avais pas encore digéré les menaces proférées hier à mon égard. Surtout, je ne ressentais ni compassion ni encouragements de la part de mes collègues pourtant si apaisants normalement.

Évidemment, je savais pouvoir compter sur leur soutien face à n'importe quelle difficulté... Ils restaient de bons professionnels... Cependant, je n'avais reçu aucun réconfort pour faire face à la situation nouvelle qui s'était présentée la veille. En somme, ils me laissaient faire mes armes...

L'apprentissage par l'expérience était la meilleure des pédagogies... J'en étais convaincu... C'était aussi la plus impitoyable et la plus dangereuse... Je jouais avec ma vie sur ce coup-là ! Je n'avais pas le droit de reculer !

Alors je faisais front, tant bien que mal... Même si je ne me sentais pas à l'aise à l'idée de revoir ces crapauds qui ne connaissaient pas la pitié. Je l'avouais.

Puis j'arrêtai de réfléchir. Je pris une inspiration, montai dans la voiture en fin de vie, et partis rencontrer nos victimes désignées.

***

– Messieurs les policiers, c'est nous ! Venez !

Je mis une seconde à jauger la fille qui nous faisait de grands signes au fond du parking, et je compris déjà quel type d'énergumène nous allions nous coltiner.

Deux autres spécimens, assis derrière elle sur le parvis d'une bâtisse résidentielle, vêtus de joggings étiquetant un mauvais goût visuel assumé, me confirmèrent mon premier avis.

Minuscule, rachitique, blanche comme une merde de crémier, la fille respirait la bêtise et la mauvaise santé. Déplorable, qu'elle paraissait au premier coup d'œil.

Quant à ses yeux aussi expressifs que ceux d'un Sims, ils transpiraient la sottise primitive poussée à son paroxysme le plus extrême. Elle était une sorte d'anomalie de l'évolution, sans doute bien heureuse de vivre à l'époque de la surconsommation et non celle de la chasse et de la cueillette. Elle représentait ce qu'il y avait de pire dans notre société, l'attentisme doublé de lâcheté. Elle symbolisait l'ensemble des humanoïdes qui trépassaient sans jamais avoir vraiment vécu...

C'était une souffrance que d'assister à cela !

Quant aux deux frères Lumière situés derrière dans le décor, eux aussi bien petits pour affronter les difficultés de la vie, tenant des clopes du bout de leurs doigts trop frêles pour porter quoi que ce soit d'autre, leur simple façon de se tenir voûtés ne laissait aucun doute sur leur capacité à se soumettre à l'ennemi. Qu'ils semblaient fragiles, ceux-là ! Des corps même pas taillés pour la fuite ! Pas étonnant qu'ils aient été contraints à la migration, ces faibles !

J'avais ainsi, devant mes yeux ébahis, un formidable échantillon de ce que pouvait produire la nature dans sa forme la plus primaire.

Après quelques palabres tout à fait inutiles, je compris enfin les raisons d'une telle déchéance sociale. Les trois enfants issus de la consanguinité avaient cru bon de s'installer à Marseille pour peu cher, afin de trouver du travail dans la restauration phocéenne.

Dès leur arrivée dans la cité C, les crasseux leur avaient affecté un accueil tout ce qu'il y avait de plus courtois : couteaux… menaces… violences… et autres cadeaux de bienvenue ! L'objectif affiché des crapauds se résumait à la volonté de constituer leur appartement en un nouveau lieu de stockage des produits stupéfiants.

De fait, les cramés avaient voulu, et obtenu, une « nourrice » à titre gratis.

Dans les cités, le schéma social dominant est celui du plus fort, et donc du plus grand nombre. Très vite, les menaces, les passages à tabac, les coups de pied dans la porte, les manœuvres d'intimidation, avaient eu raison de nos trois légumes, ingénus sur la réputation des cités.

Ils étaient trop sensibles pour un milieu trop hostile, ils devaient partir.

Je ne pus m'empêcher de penser qu'ils étaient à l'origine de leurs mésaventures. Ce périple était un suicide social pour qui réfléchissait un minimum avant d'agir. Quelle idée de s'installer dans une cité réputée pour son trafic de stups ? Qu'attendaient-ils réellement ?

Quand on cherche à changer de vie à peu de frais, il n'est

jamais étonnant de payer le prix fort à un moment donné…

Responsables de leur propre perte, voilà ce qu'ils étaient.

Malgré toute ma bien-pensance vis-à-vis de nos trois moustiques, nous convînmes de n'accompagner que la maigrelette, hors de question de les supporter en intégralité plus longtemps. Nous ordonnâmes aux deux parasites de nous attendre bien sagement ici.

– Vous n'êtes que ça ? Ce n'est pas assez ! Ils vont vous pulvériser ! Vous êtes fous ! qu'elle s'écria, la miss aux quarante kilos, terrifiée.

Nous tentâmes de la rassurer à notre manière :

– Mais non, laissez-nous faire, taisez-vous, que nous lui répétâmes chacun notre tour.

J'ajoutai également qu'à neuf heures du matin, nous ne craignions rien, car le trafic ne reprenait qu'aux alentours de onze heures.

Effectivement, nous avions raison. La cité C était déserte de monde. Aucun schouff n'était encore réveillé pour signaler notre présence. Aucun cramé n'était là pour nous dire « bonjour » avec un regard de défiance. Personne. Nous avions pénétré dans un lieu neutre, ni beau, ni moche.

C'était presque devenu accueillant, cet endroit. C'était bien dommage que la faune et la flore aient gâché ce paysage en ghetto…

Ce qui me parut fou dans ce contexte, c'était que le trafic de stupéfiant était toujours prégnant, alors même que les habitants dormaient… Toutes les traces de l'activité délictuelle marquaient le moindre centimètre carré.

Les fauteuils étaient toujours au milieu de la voie publique. Les canettes étaient toujours disposées de façon désordonnée autour de ces derniers, les tags indiquant les horaires d'ouverture avec les diverses offres promotionnelles étaient toujours bien visibles sur les murs. « Ouvert 24/7, shit, coc, prégabaline et bien d'autres encore ici ! À des prix défiant toute concurrence ! En ce moment, pour deux achetés, un offert ! » qu'on pouvait lire sur les immeubles.

Il n'y avait pas à dire, les trafiquants étaient de belles raclures de chiottes, par contre ils étaient de bons commerciaux, ces connards !

Nous montâmes avec l'autre crétine au quatrième étage de son ancien logis. Un grand coup de pied dans la porte et une visite de sécurité plus tard, nous la fîmes rentrer afin qu'elle entamât son déménagement.

L'appartement était dévasté. Le canapé avait été déchiré, les lits avaient été brûlés ici et là, tout ce qui avait pu être déchiqueté, éparpillé ou détruit l'avait été, avec une application qui faisait froid dans le dos.

Les crasseux avaient organisé un désastre sanitaire. C'était honteux ! Jamais de ma vie je n'avais vu un tel déchaînement de violence, de haine et de méchanceté…

Sans voix face à ces pièces cataclysmiques, je me tournai vers notre débile. Sa réaction attisa ma pitié…

En larmes, elle fit le tour du propriétaire, constata les dégâts sans en croire ses yeux, puis s'agenouilla dans ce qui était autrefois un salon.

– J'ai tout perdu… Qu'est-ce que je vais devenir… Je n'ai plus rien… Je veux mourir ! Mourir ! Vous m'entendez ! Je veux mourir !

Elle eut ensuite un réflexe tout à fait inattendu… Elle se mit à farfouiller dans tous les recoins, très minutieusement, à passer son ancien appartement au peigne fin… Comme si elle cherchait un effet personnel en particulier. Elle s'agita dans tous les sens pendant quelques minutes encore. Elle trifouilla dans des sacs en plastique, ouvrit tous les meubles, souleva les tas de détritus… C'était à pas finir, cette histoire…

Finalement, elle se résigna… Elle pleura de nouveau avant

de téléphoner à l'un des deux fatigués laissés plus tôt à l'arrière :

– Mon bébé, tu ne vas pas le croire ! Ils t'ont pris ta Xbox ! Tu te rends compte ! Ta Xbox ! Ils n'ont aucun cœur ! Je veux mourir ! Ce sont des monstres !

Elle cria de plus en plus fort. Les gars de l'équipage et moi échangeâmes un regard entendu. Nous devions la faire taire avant qu'elle n'ameutât tout le quartier.

Après lui avoir fait raccrocher le combiné, je lui demandai :

– Madame, vous conviendrez de vous-même que vous ne trouverez rien dans ce foutoir. Peut-être pourrions-nous envisager de partir ?

Que n'avais-je pas dit… Son comportement changea sur-le-champ. Elle se figea tout net, me jeta un regard noir qui n'annonçait rien de joyeux sur la suite des événements… Elle s'écria de plus belle dans un français complètement personnel :

– Comment ? Vous voyez pas comment ma vie, elle est dure ! Ils m'ont tout pris, ces crevures ! Toutes mes économies ! Plus de quoi me payer une manucure ! Rien ! Et vous, vous osez me mettre le démon à me demander de partir ! Eh ben, t'es qu'un con ! Sais-le ! T'es à vomir !

Elle ne s'arrêtait plus… Je tentai de la calmer malgré les qualificatifs gratifiants que je me vis décerner :

– Madame, s'il vous plaît, il faut faire moins de bruit…

Mais au lieu de m'écouter, elle redoubla d'efforts dans sa bêtise :

– C'est toi qui te tais ! Je crie si j'ai envie ! T'es un fumier ! Toi aussi ! T'façon, vous êtes tous des gros fumiers ! Y a que moi ici qui ai pas une abrutie !

Elle faisait même des fautes d'orthographe à l'oral…

Nous ne sûmes plus où nous mettre afin de faire cesser cet enfer… La situation se dégradait au fur et à mesure qu'elle progressait dans sa déconfiture… Elle n'en finissait plus de hurler à la mort :

– C'est ça en fait ! Vous me prenez pour une débile ! Vous croivez que j'ai pas compris votre petit jeu ! Mais j'ai très bien comprise ! Vous êtes connivents !

Je levai la tête tout à coup, réellement surpris par sa dernière expression… Elle s'arrêta elle aussi, pour comprendre ma réaction. Je lui expliquai :

– Pardonnez mon interruption. Je ne m'attendais pas à ce que vous utilisiez un terme aussi recherché que « connivents ». Vous en connaissez vraiment la signification ?

Je l'avais déstabilisée… Elle me répondit plus doucement :

– Ben oui…

Mes collègues baissèrent les yeux, histoire de ne pas ajouter des rires à cette courte accalmie…

Un silence passa… nous laissant profiter d'un répit. Répit de courte durée car, très vite, cette petite garce se rendit compte qu'on ne la prenait pas au sérieux…

Quand elle réalisa enfin ce qui se tramait entre nous, elle recommença son cinéma… Cette fois-ci des dizaines de décibels plus haut ! Elle cria bien fort pour bien se faire entendre et réveiller tout le quartier, la salope ! Elle vociféra ! Hurla ! Elle donna tout ce qu'elle avait dans sa voix ! Là, on pouvait dire qu'elle s'en fichait bien profond de sa sécurité ou de la nôtre ! Elle n'en avait vraiment plus rien à foutre de rien !

Elle enchaîna les vulgarités mêlées de mots sophistiqués dont seulement elle connaissait les définitions : « Policiers de mes deux ! » ; « Vous êtes comme qu'ils disent, les journaleux, à la télé ! » ; « Je vous idolâtre ! » ; « Minables ! » ; « Égoïstes ! » ; « Incapables ! » ; « Vous bandez mou, je suis sûre, bande de tapettes ! » ; « Je vous ahuris ! ». Ça ne s'arrêtait plus…

Les insultes volèrent à tout va dans notre direction. Nous tentâmes de la réduire au mutisme en lui mimant de diminuer le volume...

Rien n'y fit... Au contraire, ça lui donna du courage pour continuer... Nous essayâmes ensuite de la bâillonner de nos mains... Mais elle se débattait avec tant d'énergie que nous n'y parvînmes pas... C'était qu'elle se révélait vraiment vindicative, notre maigrichonne...

Elle se faufilait de pièce en pièce, filait entre nos bras, s'échappait sans que nous ne comprenions par quel prodige elle nous glissait à travers les doigts.

Ça la faisait beaucoup rire ce petit jeu... Elle rigolait tout en nous offensant... Une vraie perverse !

Nous, nous ne plaisantions plus du tout... On faisait un boucan d'enfer pour l'attraper, la godiche ! Et ça n'allait pas en notre faveur !

Entre deux tentatives de musèlement, je jetai un œil par la fenêtre... J'aperçus ce que je ne voulais surtout pas voir... Des dizaines de crapauds se tenaient devant le palier de l'immeuble, dissimulant des objets dans leurs poches ! Prêts à nous attaquer ! Tels des vautours autour de charognes !

Mes poils se hérissèrent aussitôt... Ça n'avait pas raté, son petit manège... Elle avait même brillamment réussi son entreprise...

On allait galérer pour s'en sortir indemnes, de cette aventure... Une montée d'adrénaline me donna des sueurs froides dans le dos... J'eus très chaud d'un coup... C'était à pas y tenir...

Je devais réagir ! Sinon, on serait tous foutus !

Elle passa à mon niveau... croyant pouvoir profiter d'une baisse d'attention de ma part... quand mon poing, non sans une certaine velléité de violence, vint percuter son visage... La fille fit un tel vol plané en arrière qu'elle atterrit dans la pièce mitoyenne... La squelettique brindille manqua de se briser sous l'effet de ma puissance...

Nous obtînmes enfin le calme tant demandé… Un bon coup de poing avait suffi à apaiser la tension… À commencer par la fille, qui paraissait bien détendue maintenant… Que c'était bon un peu de paix…

Le plus jeune d'entre nous ramassa notre emmerdeuse évanouie qu'il porta sur son dos comme un sac à patates. Nous prîmes chacun une grenade lacrymogène en main avant de nous précipiter dans les escaliers.

Il fallait désormais s'extraire de la cité, si possible, sans prendre des pavés ou autres objets volants non identifiés sur la tronche… Chose difficilement concevable mais pas complètement inenvisageable pour autant si nous avions un peu de chance…

Une centaine de cramés en jogging s'étaient réunis autour de notre voiture.

Les jeunes, rompus à l'exercice, attendirent bien gentiment de nous savoir à découvert pour balancer timidement les premières pierres. Nous rétorquâmes dans la foulée par deux grenades lacrymogènes dans leurs pattes. Ils s'éparpillèrent dans tous les sens à la façon de moineaux surpris par un bruit soudain.

Puis les pierres se mirent à pleuvoir sur nos têtes ! Une ! Puis deux ! Puis dix ! Puis des tas ! Une véritable tempête de pierres ! Une pluie comme il n'y en avait jamais eu dans le Sud ! Bam ! Bam ! Bam ! Ça tombait ! Encore et encore ! En continu ! C'était un flot ininterrompu de fracas !

Notre pare-brise éclata en mille morceaux ! Je reçus un impact sur l'épaule qui manqua de peu de me faire tomber à la renverse !

Enfin, je ne sus par quel miracle, nous nous rejoignîmes tous dans l'habitacle du véhicule… Je balançai ma dernière grenade par la fenêtre… Les chocs contre notre véhicule s'arrêtèrent peu à peu… Nous fîmes tous un « ouf » de soulagement, sauf notre Belle au bois dormant qui ne s'était toujours pas réveillée…

– On a eu chaud, que je fis.

– Tu peux le dire… qu'on me répondit.

Notre épave nous ramena tant bien que mal là où nous avions abandonné les deux frères Montgolfière.

Ces derniers n'avaient pas bougé d'un pouce depuis notre départ. Ils fumaient en regardant devant eux, sûrement traversés par aucune pensée.

– Vous venez récupérer votre amie, que je leur ordonnai, l'air de rien.

Ils s'approchèrent de la banquette arrière, remarquèrent la fille, encore ensommeillée, le nez en sang, les bras en croix, et finirent par demander, naïvement, si l'opération s'était bien passée…

– Très tranquillement. Elle est tombée dans les pommes à cause de l'émotion, que nous mentîmes.

– Ah d'accord, d'accord, qu'ils firent dans un premier temps, bizarrement peu contrariants à notre égard.

Mais à force de l'observer, ils finirent par comprendre que notre explication ne suffisait pas :

– Elle est tombée comment, au juste ?

– Houla… Le nez bien en avant. On n'a rien pu faire pour éviter ça.

Ils insistèrent encore quelques secondes sur son faciès dégradé, secondes pendant lesquelles nous espérâmes qu'elle ne revint pas à elle, et enfin ils s'adressèrent à nous avec deux beaux sourires et deux mains tendues :

– Messieurs les agents, merci beaucoup pour votre protection en tout cas. Vous avez été top !

Ils la déchargèrent du convoi à l'image d'une vulgaire cagette de légumes.

Notre courtoisie nous permit de quitter les lieux le plus

rapidement possible.

Nous les laissâmes là, avec leur poids mort aux pieds. Volés, humiliés, mutilés, outragés, brisés, martyrisés, mais libérés. Nous avions été leur salut, la fin de leur cauchemar, ils se sentiraient sans doute redevables à jamais d'avoir été aidés. Pourtant, pour nous, ils ne seraient qu'une anecdote de plus à raconter au commissariat.

J'avais eu peur, je devais bien l'avouer. Cependant, cette mésaventure m'avait donné le goût du danger. J'en redemandais encore, des doses d'adrénaline ! Par paquets de douze !

C'était pour ce genre d'épreuves que j'étais devenu policier !

Je me fis ainsi la promesse de retourner le plus souvent possible dans les cités, de ne jamais reculer face aux crasseux et surtout de ne jamais baisser les yeux face à eux.

C'était moi la menace… Pas l'inverse.

***

Bien que nous eussions quelque peu défailli en ce début de vacation, le reste de la journée s'était déroulée tout à fait normalement. Un peu de routier pour se détendre, deux interventions pour des différends familiaux où nous ne fîmes absolument rien pour aider des femmes en détresse, et enfin, un déplacement à l'Hôpital Nord pour constater aux caméras de vidéosurveillance le vol de matériel médical par trois gitans bien connus de nos services.

Les constatations s'étaient révélées surprenantes puisque les voleurs, ne sachant probablement pas lire, avaient embarqué dans leur panique le « plan blanc ». La directrice de l'hôpital nous avait livré que ce larcin ne comptait en rien, ce plan ne s'appliquant qu'en cas de pandémie mondiale… « Avec les progrès de la médecine, c'est une chose inenvisageable », qu'elle nous avait affirmé, péremptoirement.

Nous n'avions pas insisté. « Une pandémie mondiale… Impossible », que nous avions conclu unanimement en critiquant l'inquiétude permanente dont sont atteints tous les médecins.

Ça avait été une journée banale donc, à laquelle je mettais un terme en refermant mon casier.

Je fis un détour par la plage du Prado où je m'arrêtai faire une séance de sport. J'avais saisi l'importance que représentait l'apparence physique dans mon métier. Au-delà du simple impact visuel que cela pouvait avoir sur notre clientèle, avoir une bonne forme permettait de distribuer les gifles aux usagers de notre service public plus aisément. Bien fidèle qu'elle était, notre clientèle, car elle revenait toujours.

Après ce plein de vitamines D bien mérité, je me posai enfin dans mon canapé, *Mort à crédit* à la main, en attendant que Léa ne me rejoignît dans la soirée.

Toutefois, j'eus beau tenter de me détendre avec ce magnifique roman, je ne parvins pas à me concentrer. Je me sentais comme dans une maison hantée, observé de tous les côtés sans pouvoir déceler aucune présence concrète dans mon salon.

Ce mauvais pressentiment, bien présent dans mon esprit, s'accentua quand la sonnette retentit. J'attrapai mon arme et me dirigeai vers l'interphone de ma porte. Après une brève hésitation, je demandai enfin :

– Oui, c'est pour quoi ?

La respiration, lente et répétée, qui fit guise de réponse, me troubla totalement. Je bégayai une nouvelle fois :

– Je vous entends… Qui… qui êtes-vous ?

Je perçus un rire, sentis subitement une frappe au niveau de l'arrière de ma tête ! Une chaleur coulant jusque dans mon dos ! « Du sang ? » que je me demandai… « Mon sang ! » que je réalisai ! Le coup que l'on m'avait porté à la tête me déclencha une douleur affreuse !

Je tombai sur le dos, reçus encore quelques coups de pied dans le buste... Affaibli, je ne me débattis plus...

Je vis alors une main noire appuyer sur le bouton d'ouverture de la porte de mon bâtiment... Mon corps se fit traîner par deux personnes que je ne distinguai pas...

Un nouveau choc me fit perdre connaissance...

***

À mon retour à la réalité, je réalisai que ma situation était plutôt inquiétante... Assis sur une chaise, pieds et poings ligotés, je remarquai trois jeunes hommes encagoulés qui se tenaient debout face à moi. L'un d'eux, le plus petit, pointait mon arme de service en direction de mon torse. J'avais mal à la tête. Je n'aimais pas cette sensation d'infériorité que m'imposaient ces trois assaillants.

Pour ne rien arranger à mon cas, Léa était censée me rejoindre d'ici peu... Je me refusais à lui infliger ce spectacle navrant.

Je pris les devants pour mettre un terme rapide à cette péripétie malencontreuse :

– Je disais donc : oui, c'est pour quoi ?

Ils ne s'attendaient visiblement pas à une telle désinvolture. Ils se regardèrent comme s'ils ne s'étaient jamais consultés auparavant, puis, le plus nerveux, c'est-à-dire le plus petit, me répondit :

– Tu fermes ta gueule !

Cette répartie mélodieuse m'encouragea dans ma défiance. Je devais les pousser à bout, leur faire regretter d'avoir osé m'attaquer. Je continuai mes provocations :

– Ah... Mais si je me tais, on va avoir un problème de communication, vous ne pensez pas ?

Le petit aux mains noires s'avança prudemment vers moi et me gifla. Lorsqu'il regagna sa place au milieu de ses deux comparses, je remarquai qu'il essayait de masquer une claudication. Malgré la cagoule, il ne me fallut pas plus d'indices pour comprendre qui était cet inconscient margoulin.

– Diakité ?

Entendre son prénom le fit sursauter. Il se gratta la tempe avec mon arme, baissa le regard, dépité, et retira sa cagoule.

J'enchaînai :

– Et les deux zguegues, je les connais ? Ils sont de ta cité, je suppose ?

Diakité leur fit signe d'enlever leur cache-visage. Ils s'exécutèrent sans discuter, ce qui confirma ma première intuition : Diakité était bien l'instigateur de la manœuvre. Ses deux acolytes, bien qu'apparemment plus âgés que lui, le suivaient dans sa démarche par pur sadisme. Il est vrai que se faire un flic, ça revient à prendre du galon chez les cramés des cités.

– Schouffe bien nos faces, parce qu'on va t'fumer d'toute façon ! qu'il me cria, Diakité.

Il commençait doucement à m'inquiéter, le Diakité. Il paraissait fébrile devant la tournure des événements. En fait, je craignais qu'il ne lui prît un coup de sang et qu'il m'en collât une entre les deux yeux… comme ça… dans un excès d'adrénaline… en un instant…

– Puis-je savoir comment ils se nomment, ces trous du cul ?

Les frappes que je reçus en retour manquèrent de m'arracher la tête de mes épaules. Elles savaient faire mal, ces enflures.

J'eus des remords à jouer au plus malin dans ma position. Cependant, persuadé d'être sur la voie de la dissuasion, je persistai :

– Messieurs, vos poings ne me disent pas vos noms. Accordez-moi cet honneur avant que je ne meure.

Seul Diakité prit la parole :

– Ashraf et Zachary. T'es content ?

Les choses changèrent à partir de cette information. Ashraf et Zachary, si silencieux depuis leur intrusion, vrillèrent du tout au tout. Ils révélèrent enfin leur vrai caractère, comme je l'avais souhaité. Des joutes verbales éclatèrent entre eux :

– T'es trop con ! Pourquoi tu lui as dit ?

– Crétin ! Comment on fait maintenant, hein ?

– Les gars, ça ne change rien, on devait le tuer et on va le tuer. Calmez-vous, putain !

– Bon, ben, fume-le alors !

– Ouais, nique-lui sa mère, wallah !

– Pas de problème, je vais le faire, j'suis pas une baltringue !

Diakité inspira, tira sur la culasse de mon arme, la pointa sur mon front, pratiquement à bout touchant…

J'étais exactement dans la configuration que je pensais pouvoir éviter…

Diakité était plus déterminé que jamais, Ashraf et Zachary avaient désormais un motif vital pour me tuer eux aussi, j'étais toujours attaché à cette fichue chaise, et surtout, je ne trouvais plus les mots pour retarder l'échéance…

Là, tout de suite, à ce moment bien précis où un jeune imbécile capable de tout me menaçait de mort comme jamais je n'avais été menacé, j'avouai ressentir un peu de peur…

Si proche de ma mort, séquestré, ligoté, mes pensées se bousculèrent…

Je devins croyant : « Si seulement j'avais fréquenté les églises, rien de tout cela ne me serait arrivé » ; nihiliste passif : « Et puis merde, c'est comme ça » ; compréhensif : « C'est de ma faute, j'aurais fait pareil à leur place » ; amer : « Pauvre Léa, elle va en chier pour nettoyer les taches de sang »…

Diakité pressa lentement la queue de détente…

Je recouvrai mes esprits… Je décidai de mourir dans la

dignité.

Avec tout mon courage, je levai la tête :

– Ne te rate pas Diakité, sinon, c'est moi qui vous tuerai.

L'arme se mit à trembler...

– Presse la détente, par pitié.

Une larme coula le long de sa joue...

– Dépêche-toi putain ! que je lui hurlai.

Diakité serra les dents, pressa la détente... Je fermai les yeux... Et là...

Rien ne se produisit !

Diakité se mit à appuyer frénétiquement sur la détente, aucune balle ne sortit de la culasse...

L'arme était enrayée. Je me jurai d'aller prier une fois tout ce cirque terminé...

Les trois criminels furent décontenancés par ce rebondissement... Ils s'agitèrent ensuite dans tous les sens, telles des mouches prises au piège dans un micro-ondes. Une grande confusion prit place dans la pièce. Chacun marmonnait dans sa bouche, ce qui donna un brouhaha incompréhensible.

Au même instant résonna la sonnette.

Les trois tapettes firent volte-face sur moi.

– Ce sont les renforts. Les gars, vous êtes morts !

Diakité lâcha mon arme.

– Ah l'bâtard ! Ah l'bâtard ! qu'ils s'écrièrent en chœur tout en décampant précipitamment de mon appartement.

J'avais été sauvé par ma Léa qui entra à son tour.

Pas surprise de me retrouver ficelé façon paupiette à une chaise, Léa me détacha sans poser de questions. Elle me dit simplement : « Je ne veux pas savoir ce que tu fabriquais. »

Elle ne le concevait peut-être pas, mais toutes mes pensées s'orientaient vers Diakité, Ashraf et Zachary.

Je me vengerais. Je les tuerais.

Nous passâmes le reste de la soirée comme si de rien n'était...

UN PEU AVANT LE MILIEU

Encore plus enragé qu'à l'accoutumé, je débarquai au commissariat avec l'énergie d'une pile en moi.

Remonté comme un coucou, que j'étais ! Les sens surdéveloppés ! Prêt à renifler le moindre indice de mes ennemis ! Les muscles surgonflés de sang ! Prêt à broyer les crânes de mes nominés ! Ce n'était pas la peine de me demander l'heure, sinon, ça partait aussi sec !

J'inspectai les cellules des gardes-à-vue rapidement, afin de vérifier la liberté de Diakité, Ashraf et Zachary. Ils étaient vingt-six dans les geôles aujourd'hui, vingt-six cramés en moins dehors, pour le plus grand plaisir des honnêtes gens. Et pour le mien aussi, car j'allais pouvoir chasser.

Toutefois, la différence entre un bon chasseur et un mauvais chasseur se faisant dans les plus illustres nuances, je devais m'assurer de leur lieu d'habitat naturel.

Pour cela, une banale recherche sur les fichiers des antécédents judiciaires me donna de judicieuses réponses…

Diakité habitait en plein cœur de la cité C, j'aurais donc à le chercher chez lui, ce qui serait loin d'être facile…

Ashraf, selon les dix pages de son dossier, avait pour habitude de grenouiller dans le centre-ville et de faire le con dans le Nord. Je détectai une montée en puissance dans le chemin délinquant du jeune majeur. Il avait commencé à treize ans pour du stup, il s'était ensuite lancé dans la délinquance de proximité violente : vols agressifs en réunion, vols dans des locaux d'habitation en réunion, extorsions avec armes en réunion… Toujours en réunion… Toujours sur des personnes en état de faiblesse… Manifestations fréquentes du courage des putes de son genre…

Je ferais une bonne action en le tuant, personne ne le regretterait. Cependant, son champ d'action étendu me compliquait largement la tâche pour le retrouver.

Zachary présentait, quant à lui, un profil atypique dans le milieu du banditisme. Il cumulait quelques condamnations pour avoir commis des actes de cruauté envers les animaux. J'y voyais là la caractéristique d'un homme démoniaque.

En revanche, fait suffisamment rare pour être signalé, Zachary venait régulièrement porter plainte pour coups et blessures. Chose bizarre car, les crasseux, de manière générale, rechignent à joindre un commissariat de leur plein gré, surtout s'il s'agit d'avouer à un policier qu'ils sont des victimes chez leurs congénères…

Zachary vivait dans la cité B, petite zone plutôt tranquille à proximité de la cité C.

Ma zone de chasse se délimitait donc au nord de Marseille, plutôt aux alentours de la cité C.

– Lieutenant, vous venez ? On part patrouiller.

C'était le plus jeune de notre équipage qui venait me chercher.

Patrouiller, c'était la base du métier. Ce jour-là, je mettrais à profit la patrouille pour récolter des indices sur mes gibiers. Car connaître ses adversaires, c'est indispensable quand on se lance dans le grand démembrement…

Nous partîmes.

***

Mes collègues, j'avais eu l'occasion de le vérifier à maintes reprises, étaient de véritables mines d'informations sur le sujet des crasseux. À l'occasion d'un repos informel accordé par un silence prolongé de la station directrice, je demandai :

– Les gars, Diakité, Ashraf et Zachary, ça vous dit quelque

chose, par hasard ?

Ils se répétèrent la question dans leur esprit, ce qui laissa un léger flottement s'installer entre eux et moi ; eux, réfléchissant à une question trop vague, moi, espérant une illumination de leur part.

– Diakité, forcément que ça me dit quelque chose parce que c'est le minot que vous avez fracassé la dernière fois.

J'éludai ce reproche caché par une majestueuse pirouette :

– Je plaide coupable… Mais avouez qu'on a bien rigolé, au moins ! Et les autres ?

Mes trois compères rétorquèrent par la négative, Ashraf et Zachary leur demeuraient étrangers. Je n'avais donc plus rien à gratter de leur côté…

Déçu, je me tus dans mon siège usé.

Je ne me décourageai pas pour autant, la vengeance, c'est comme le dépucelage, ça vient avec de la persévérance…

Je me reprochai néanmoins ma naïveté : croire qu'ils auraient pu m'éclairer à la simple évocation de prénoms avait été purement illusoire. Quel imbécile je faisais ! Diakité, Ashraf et Zachary ne tomberaient pas tout cuits dans mes pièges. Ayant affaire à des racailles confirmées, j'aurais à investiguer très sérieusement avant de les retrouver… et de les briser !

Nous visitâmes deux petites cités sans intérêt parce qu'elles ne représentaient aucune sorte de danger pour notre intégrité, des cités pas drôles pour un sou, en somme…

Par la suite, au gré des différents coups de volant, nous posâmes nos regards sur les plages des quartiers nord.

Habituellement, je les trouvais presque belles, ces plages… Aujourd'hui, elles me paraissaient bien sublimes… et bien vides également…

– Où sont-ils donc, tous ces cons ?

La réponse évasive que je reçus me laissa pantois :

– C'est à cause de l'actualité, Lieutenant, la France a peur.

Je ne compris pas d'où « la France » tenait sa fameuse crainte… Personne ne savait mes projets de meurtres… Seuls mes trois mignons devaient salir leurs calecifs à cette heure-ci… Pas « la France » dans son ensemble…

C'était ridicule ce qu'il me disait, le collègue. De plus, je n'avais rien à voir avec l'actualité, je ne lisais pas les journaux et ne regardais jamais la télé !

Je finis par penser qu'il se moquait de moi, qu'il fabulait, qu'il ne connaissait pas non plus la cause de ce « couvre-feu » officieux.

Pris dans mes pensées, je ne m'aperçus même pas que nous avions arrêté une des rares voitures qui passaient par là.

Le contrôle était bien avancé lorsque l'on me glissa à l'oreille que le conducteur faisait l'objet d'une fiche S pour islamisme radical.

Je me mis à le regarder sous toutes ses coutures, notre idéologue en voie d'égarement, tel un scientifique qui scrute son rat de laboratoire.

Jean bleu, chemise impeccablement repassée, des cheveux gominés en arrière… Sa banalité me fit frémir de frayeur…

D'une politesse et d'un calme inégalables, il était complètement impossible de détecter une quelconque once de folie en lui… L'homme ne correspondait en rien au cliché que je me faisais du terroriste potentiel…

Pendant que mes collègues s'affairaient autour de son véhicule, je ne pus m'empêcher de l'étudier d'encore plus près :

– Monsieur, quand l'Iran perd contre Israël au foot, ça vous emmerde ou pas ?

Il s'étonna.

– Et quand Baghdadi s'est fait suicider par les Américains, t'as maronné ?

Il s'indigna un peu sans pour autant s'énerver.

– T'as mis une ceinture de sécurité, ça doit te changer de la ceinture d'explo', non ?

Cette fois-ci, je décelai une pointe d'agacement dans ses yeux. Je l'avais vexé, le dégénéré de l'islam... Touché en plein dans son orgueil, le religieux en déficit d'intelligence... Rabaissé plus bas que terre, le complotiste anti-occidental... Ça se voyait... Il allait exploser, au sens figuré du terme...

Il modifia sa position, se racla la gorge, inspira et commença son déballage d'hypocrisie :

– Monsieur l'agent...

Il n'eut pas le temps de terminer sa phrase que la station directrice lui grilla la priorité :

– Braquage en cours, centre-ville, trois individus armés de kalachnikovs, cagoulés ! Les effectifs qui le peuvent se rapprochent et rendent compte !

L'instant d'après, nous étions tous montés dans le véhicule ! Deux-tons enclenché ! Mains fortes posées sur les armes !

L'adrénaline procurée par l'annonce suivie de la course à une allure complètement folle me projeta dans un état de lucidité jamais atteint !

Les rues défilèrent jusqu'au point d'arrivée. Les événements s'accélérèrent plus encore à partir de ce moment-là !

Trois silhouettes, dans une apparente détente très inquiétante, se présentèrent à l'entrée du magasin braqué !

D'un geste uniforme et contrôlé, ils nous mirent en joue avec leurs fusils d'assaut sans que nous ne puissions nous dissimuler derrière des abris !

Les tirs qui suivirent dans notre direction furent impitoyables ! Les impacts transpercèrent les portes ! Les sièges ! Les gilets pare-balles ! Les chairs ! Les os !

La violence à laquelle j'assistais me fit réaliser que j'étais bien peu de choses... Je ne m'étais pas préparé à cela ! Personne n'est jamais prêt à subir ce genre de barbarie !

Je reçus dans le visage des giclées de sang provenant des

collègues… Au tapis, qu'ils étaient tous ! Malgré leur professionnalisme ! Les salves de 5,56 millimètres ne leur avaient laissé aucune chance de s'en sortir !

Par miracle, j'étais parvenu, moi, le moins expérimenté d'entre nous, à m'extraire de ce bourbier ! Caché derrière un bloc-moteur de voiture à côté de leur cible, je n'en menais pas large…

Les agresseurs s'arrêtèrent pour recharger… Je les entendis échanger quelques mots… Je risquai un coup d'œil par-dessus le pare-chocs…

Je rebaissai immédiatement la tête ! Les tirs reprirent vers ma personne ! Ils m'avaient vu ! « Ils me tueront », que je me dis aussitôt !

Le vacarme assourdissant causé par les déflagrations, les impacts des balles et les débris éclatés ici et là, m'empêchait de penser !

Je lâchai un : « Venez m'aider ! » à la radio, d'une voix paniquée. Ce à quoi l'opératrice, postée dans son bureau, répondit par une phrase assassine : « Démmerdez-vous ! »

Cruelle solitude ! Je ne pouvais pas rester stoïque plus longtemps ! Je devais me débrouiller pour m'en tirer sain et sauf !

Vivre, c'était ça que je voulais ! Mourir sans réagir, voilà ce que je refusais !

L'espace-temps se courba lentement… Je dégainai mon Sig Sauer… Ma vision devint plus claire, les couleurs plus nettes… Les espaces entre les secondes devinrent d'infinies possibilités d'action… Je pris mes organes de visée sans difficulté… Je bloquai ma respiration… Le monde, l'univers, la galaxie cessèrent leur mouvement… et continuèrent comme si rien de tout cela n'avait existé lorsque j'appuyai sur la détente !

Un des agresseurs tomba à la renverse. Je perçus un :

« On s'arrache ! »... Des crissements de pneus... puis... plus rien...

Un court instant de silence... Le vent dans les feuilles des arbres... Les gazouillis timides des oiseaux... Le dernier souffle de trois policiers...

Je m'approchai de l'homme tombé au sol sous ma riposte, arme constamment tendue vers lui... Il était sur le dos, sa kalachnikov toujours entre les mains, posée sur son torse...

Tout à coup, un spasme le crispa ! Je fis feu ! Je tirai tout ce que j'avais ! Pour ma survie ! Pour rentrer chez moi ce soir ! Pour retrouver les bras de ma Léa !

Après ces explosions d'inhumanité, je rejoignis mon emplacement initial le plus vite possible. « Pitié, aidez-moi ! » que je hurlai à la radio, adossé à une voiture.

C'en était trop ! Ce cauchemar devait prendre fin maintenant ! Je jetai mon Sig Sauer par terre, fermai les yeux et, sidéré par le trop plein d'émotions, attendis les renforts sans plus oser bouger...

***

Je recouvrai le contrôle de mes pensées plus tard dans la soirée, dans ce que je discernai être une geôle. Recroquevillé dans un coin... j'avais froid...

– Lieutenant ? Enfin, vous revenez à vous ! Suivez-moi !

Je suivis l'homme en costard-cravate sans discuter.

Arrivés dans son bureau, il me fit asseoir avant de me tendre un verre d'eau. Nos regards se rencontrèrent lorsqu'il s'installa face à moi. Je l'avais déjà vu quelque part, j'en étais certain. Cependant, en ces temps légèrement troublés, je ne me souvins pas de qui il s'agissait.

– Nicolas, je suis l'Officier de Police Judiciaire en charge de l'affaire du braquage. Nous nous sommes croisés quand vous faisiez votre stage OPJ. J'étais là lorsque vous avez tenté de vous suicider.

Je reconnus le style direct de l'OPJ du quart Sud avec qui j'avais eu l'occasion de travailler sur des enquêtes décès. Non seulement il avait été présent au moment de ma tentative de suicide, mais il avait en plus été l'annonciateur du meurtre de ma mère, quelques mois auparavant...

– Quelle belle coïncidence ! que je répondis avec ironie.

– Ne croyez pas si bien dire ! Vous avez changé ma carrière. C'est à la suite de votre geste que j'ai décidé d'intégrer l'Inspection Générale de la Police Nationale.

« L'IGPN ? », que je me fis intérieurement. Comme tous les policiers qui n'avaient rien à se reprocher, je craignais l'IGPN. Je me sentis accusé... trahi... sali... Aujourd'hui, j'avais perdu trois collègues sans que je ne puisse rien faire, j'avais sauvé ma peau ! Et on me demandait des comptes ?! C'était inadmissible !

Mais il m'était devenu impossible de m'emporter... Je le laissai parler :

– Écoutez, je vous explique. Votre acte est héroïque. Vous avez fait ce que vous avez pu. Vous avez bien agi. Le problème que nous rencontrons, c'est qu'on vous a filmé depuis un balcon au moment où vous avez tué l'homme qui était au sol.

– Oui, j'ai cru qu'il allait me tirer dessus... que je chuchotai, les yeux dans le vide.

– Nous le savons bien, les caméras de surveillance du magasin attestent cette hypothèse.

– Eh bien, qu'est-ce que je fais en garde-à-vue, si je suis un héros ?

– La vidéo est devenue virale sur les réseaux sociaux. Dans ces locaux, vous êtes protégé de la pression médiatique. L'image de vous, en train de tirer plusieurs fois sur un homme au sol, est catastrophique pour la police. Nous avons perdu la bataille de l'image, nous allons essayer de gagner la bataille de la communication. Votre garde-à-vue sert à éclaircir toutes les zones d'ombre afin de vous défendre au mieux.

Il me fixa en guettant ma réaction qui fut inexistante. Je lâchais prise.

Secoué dans tous les sens, mon cerveau n'était plus en capacité de réfléchir. Je voulais juste rentrer chez moi... Prendre une douche... Revoir Léa... Dormir... J'eus alors une phrase des plus judicieuses dans ces circonstances :

– Je ne répondrai à aucune de vos questions.

L'enquêteur nota ma déclaration avec un acquiescement. Je m'étais mis sur la bonne voie. Je m'en sortirais.

La suite se résuma à une longue série de questions sur tout, absolument tout ! Mon équipement au moment des faits... L'utilisation de la radio... Le véhicule... La couleur du véhicule... Le nombre de tirs reçus... Les blessures des collègues... L'heure qu'il était... La position du Soleil... La direction de fuite des deux tueurs... Si j'avais vu du sang sur le sol... Si je pensais avoir touché la tête ou le torse de ma cible... Si j'avais fait un rechargement tactique ou d'urgence pendant l'estafilade... Combien de temps les renforts avaient mis avant d'arriver... Combien de collègues étaient venus à mon secours...

Pas de doute, l'enquête était bien menée. Celle-ci m'innocenterait.

À la fin de ces heures d'audition, après avoir signé mes déclarations muettes, je demandai candidement :

– L'identité de la personne que j'ai abattue, vous la connaissez ?

L'enquêteur sembla gêné, tout en se grattant l'oreille, il me dit :

– Ashraf, il habitait dans le centre.

Je souris, content d'apprendre l'heureuse nouvelle… Cette coïncidence ultime ! Ce hasard sublime !

« Ashraf, quelques balles dans la tête par mes soins ! Quel soulagement ! » que je me répétais encore et encore sur le chemin vers ma geôle.

L'Officier de Police Judiciaire me concéda une dernière information du bout des lèvres avant de me quitter :

– Votre garde-à-vue sera prolongée de vingt-quatre heures, c'est pour laisser retomber le gâteau médiatique, vous comprenez ?

– Faites donc, que j'approuvai dans un étirement de satisfaction.

***

Le lendemain fut du même acabit que la veille. Les questions posées furent toujours aussi précises, mes réponses tout aussi peu coopératives, l'Officier de Police Judiciaire égal à lui-même, professionnel.

La seule différence tenait à mon état d'esprit. Je me sentais intouchable. Je prenais tout du bon côté, j'avais tué Ashraf, vive moi ! Rien ne pouvait m'arriver !

– Les nouvelles sont bonnes Lieutenant, qu'il me rassura, l'enquêteur, à la fin de la dernière audition.

Il me confirma ce que j'avais déjà pressenti. Tous les témoignages, les vidéos de caméra de surveillance, et les autopsies allaient dans mon sens, j'avais dit la vérité, je sortais sans mise en examen !

De son côté, la hiérarchie avait fait un travail formidable de communication. En plus de la préservation de mon anonymat, je passais pour un « super flic », « fiable » et « humain ».

Les raclures avaient perdu, la police avait gagné ! C'était à se croire dans un film américain, où tout finit toujours bien…

Deux heures plus tard, je signai mon procès-verbal de notification de fin de garde-à-vue et quittai la pièce avec un « merci » des plus sincères.

Je rejoignis ma jolie Léa, elle fut surprise de me retrouver dans un état convenable après cette épreuve…

– J'ai eu peur pour toi, je t'aime, qu'elle me glissa dans l'oreille pendant nos retrouvailles.

– Je suis indestructible, je t'aime aussi, que je renchéris.

Encore une fois, nous étions magnifiques, Jolie Léa et moi !

Elle me tendit un papier en me disant :

– Tiens, je l'ai rempli pour toi, ça t'évitera de prendre une amende.

Je m'intéressai à ce papelard gribouillé par sa belle écriture féminine, titré : « Autorisation de déplacement dérogatoire. »

– Léa, qu'est-ce que c'est que ce machin ?

J'appris de cette manière les dernières actualités.

Le monde entier connaissait une pandémie. Les derniers mots de mon collègue décédé me revinrent ensuite à l'esprit : « Lieutenant, la France a peur. » C'était de cela dont il parlait ! Voilà qui expliquait le désert soudain dans les rues !

J'avais été si obnubilé par mes désirs de meurtres que je n'avais pas suivi l'annonce du confinement national par le gouvernement… Je me sentis dépaysé par ce grand changement, comme si je me réveillais d'un siècle de cryogénisation. C'était bizarre comme sensation…

Tout en conduisant, Léa me questionna sur mon avenir :

– La police, tu penses en partir ?

– Tu plaisantes ? Dès lundi, je reprends du service. J'aime trop ce métier pour m'en écarter. Et surtout, je n'ai pas encore tué Zachary et Diakité.

La tournure de la conversation la dérangeant profondément, Jolie Léa conclut :

– Je crois que je préfère ne pas savoir, Nicolas.

– Je te comprends, ma Léa.

LE MILIEU

.

Quand vient le temps du grand chambardement, du monde à l'envers, quand la Terre ne tourne plus rond, la misère des gens passe au rang de soubassement social. Leurs comportements deviennent primaires. Tout le surabondant devient alors insignifiant. C'est ça, le renversement universel, l'inversion des valeurs dans l'urgence.

Le grand confinement de 2020 en était un, de bouleversement existentiel.

Du jour au lendemain, la populace mondiale, dans son immense ensemble, s'était recroquevillée sur elle-même afin de sauver l'essentiel... et un peu du reste.

Un simple virus, à peine mortel, avait suffi à nous préhistoriser. Un peu partout en France, des images de pillages s'étaient fait jour... traduisant une humanité en errance...

Les chercheurs, habituellement garants de notre persistance, ne trouvaient pas... Métaphore d'une science en déchéance...

Le quotidien des honnêtes gens tournait en boucle... Laissant aux policiers le soin de traiter la masse malhonnête, celle qui ne se sent jamais concernée par autrui, à coups d'amendes bien méritées.

Le personnel soignant s'employait à éradiquer la pandémie ; de notre côté, nous essayions d'appliquer un remède financier à nos bactéries.

Pour ma part, j'avais décidé que je n'attraperais pas le virus, en conséquence de quoi je ne prenais aucune précaution spécifique.

En trois jours, nous avions pris conscience de notre insouciance. Le monde s'était paralysé. Nous attendions, au chaud chez nous, un dénouement que nous espérions tous rapide et heureux.

De mon côté, malgré le drame, j'avais conservé une saine motivation quant à mes ambitions vengeresses. Je tuerais Zachary. Je tuerais Diakité. Je tiendrais mes promesses.

Ma hiérarchie, qui s'était montrée sans faille jusqu'à ce stade vis-à-vis de mon expérience malheureuse, m'avait fait la faveur de me transférer dans une autre brigade de police-secours de jour. Une obligation m'était cependant fixée. Celle-ci prenait la forme d'un entretien avec la psychologue du service qui remettrait un rapport sur ce qu'elle nommait mon « état d'esprit ».

Mon état d'esprit, c'était donc le sujet de cette visioconférence avec Madame Psychanalyse.

Madame Psychanalyse, depuis mon écran pixélisé, était une dame aux cheveux courts occupant un salon aux murs blancs sans décorations, dans lequel se trouvait un superbe labrador dans le fond.

Ces éléments la classaient ainsi, au sein de mon esprit sûrement malsain, chez les lesbiennes refoulées qui n'avaient jamais su supporter autres léchouilles que celles de son chien.

Je le savais avant même d'entamer notre entretien : nous ne nous entendrions pas, elle et moi. J'allais bien, pas besoin d'une psy démente pour me le confirmer.

Les guignoleries de politesse établies, la comédie commença :

– Comment allez-vous ?

– Très bien, j'ai hâte de travailler à nouveau.

– Malgré ce que vous avez fait ?

– Ce que j'ai fait, c'est-à-dire sauver ma vie, ne m'a, pour le moment, pas impacté.

– Et vous trouvez cela normal ?

– Ma foi… Chacun son moral…

– Vous vous pensez peut-être supérieur à la moyenne après cela ?

– Non, parce que j'ai eu peur… Comme tout le monde dans mon cas, d'ailleurs… Je me prends pour quelqu'un qui pense avoir bien agi, tout simplement.

– Tout simplement ?

– Oui, finalement, je suis vivant. Les choses se sont déroulées de cette manière, c'est comme ça.

– C'est comme ça ?

– Vous comptez répéter toutes mes fins de phrases ?

– Oui, j'applique cette technique pour que l'on soit tous les deux en phase.

– Nous ne sommes pas et ne serons jamais en phase, comme vous dites… Je me sens bien !

– Vous avez tué un homme, vous avez besoin de soutien !

– J'ai tué un homme mais je n'ai pas besoin d'aide !

– Vous pourriez au moins avouer votre peine !

– Ma souffrance ne les fera pas revenir à la vie !

– Il n'y a pas de mal à dire que vous êtes triste !

– Eh bien, je suis triste ! Tenez-le pour dit !

– Cessez votre hypocrisie !

– Vous m'emmerdez avec ma neurasthénie !

– Assez ! Je mets fin à l'entrevue ! Je vous déclare interdit de voie publique jusqu'à nouvel ordre !

Mon écran revint au bureau.

Atterré par le déroulement de cette visioconférence, désespéré par son aboutissement, je devais me rendre à l'évidence : je n'avais pas répondu présent dans ce moment important. Je m'étais emporté sans raison… En moins d'une minute, je venais de tout perdre…

Interdit de voie publique… Voici une posture administrative bien humiliante quand on a vingt-cinq ans…

Par cette déplaisante nouvelle, je me voyais condamner

aux doubles vacations. Une la journée à gérer les problèmes du commissariat, une la nuit à chasser mes mignons Zachary et Diakité.

La battue s'annonçait encore plus difficile !

Les lesbiennes sont vraiment intolérantes avec les gens normaux ! Tout était de sa faute ! Mal-baisée qu'elle était ! Chiennes de lesbiennes ! Déviantes ! Conna…

Un appel téléphonique me tira de mes rêveries. C'était le commissaire :

– Cette salope géante m'a niqué ! Vous ne pouvez pas laisser faire ça !

– C'est comme ça… Courage Nicolas, vous reviendrez très vite parmi nous.

Il raccrocha, me laissant seul sur la chaise à laquelle j'avais été attaché quelques jours plus tôt…

***

Être interdit de voie publique, ça revient à priver un diabétique de son insuline. Mon adrénaline à moi, c'était la rue. Madame Psychanalyse m'avait privé de ma liberté de frapper ceux qui le valaient… La seule liberté qui comptait vraiment à mes yeux…

Consigné dans un commissariat à faire semblant de m'intéresser aux autres, c'était une tannée à laquelle je devais me coller au mieux… Ne serait-ce que pour faire passer le temps plus rapidement…

Le commissaire m'avait reçu dans son cabinet tôt ce matin pour m'expliquer ce qu'il attendait de ma diabolique personne. Pourtant réputé pour son verbiage grossier, il s'était révélé fort courtois à mon égard.

C'était très simple, comme tous les postes de mise au placard. Je récupérais la gestion des gardes-à-vue et des scellés judiciaires, ce qui était une source d'emmerdes considé-rable... On me confiait également, avec un sourire sarcas-tique, le bon accueil du public... Chose tout à fait amusante quand on connaissait mon empathie pour mes concitoyens... Mais surtout, il me revenait la tâche ingrate de veiller au bon comportement et à la qualité du travail des collègues...

D'un air désolé, le commissaire me laissa rejoindre mon bureau au rez-de-chaussée, situé à côté des cellules de garde-à-vue.

Un crasseux m'insulta à mon passage devant sa cage, je lui répondis d'aller se faire enculer, bien profond, avec ma matraque en prime s'il le voulait... Il continua, ne craignant absolument pas mes menaces... Je laissai faire, trop dépité pour appliquer ma justice personnelle...

Pas de doutes, j'avais beaucoup de travail à accomplir !

Quelques secondes après que j'aie allumé mon PC, une adjointe de sécurité vint timidement à ma rencontre :

– Lieutenant, je m'excuse de vous déranger, je crois que vous devriez recevoir une plaignante... C'est assez grave...

« Que me vaut l'honneur d'avoir affaire à une telle figure d'angoisse », que je m'interrogeai.

Sans que je ne puisse répondre quoi que ce soit, l'adjointe de sécurité fit asseoir une femme d'une trentaine d'années en face de moi.

Pour des raisons de concision, je ne ferai pas la description physique de cette femme. Je me contenterai d'écrire ici qu'elle était « bonne », très très « bonne », à tous les niveaux...

Mon attention focalisée à fond sur elle, je m'intéressai :

– Madame, vous êtes ?

– Monsieur, merci de me recevoir, je m'appelle Madame Grâce. J'ai déposé plainte il y a deux jours dans votre com-missariat. C'est une plainte pour harcèlement sexuel, contre mon patron.

– C'est étonnant…

– Pendant ma plainte, j'ai donné mon numéro de téléphone au fonctionnaire qui m'a prise en charge. Ce dernier s'est mis à m'envoyer des messages dès ma sortie du commissariat. Regardez !

La Miss Monde me tendit son téléphone. Je découvris un long monologue complètement explicite.

– Faites défiler la conversation !

Je m'exécutai. Je restai bouche bée quant à la performance de mon plaintier… Ce dernier avait réalisé l'exploit d'envoyer à Madame Grâce une photo de son anus… avec trois bananes coincées à l'intérieur !

– C'est de plus en plus étonnant… que je lâchai en restant de marbre malgré moi.

– Pourtant, vous ne semblez pas surpris par ce que vous voyez…

– Quand on vous voit, ce n'est pas surprenant.

J'ai toujours été persuadé que l'amour était universel. Ce sont seulement les démonstrations de son amour pour l'autre qui varient. Certains achètent des fleurs, d'autres donnent des coups ou acceptent d'en encaisser, et dans de rares cas, quelques-uns envoient des clichés de triple pénétration bananière à leur dulcinée… On dira que ces choses-là sont personnelles…

– Vous désirez saisir la justice, si j'ai bien compris.

J'expliquai à Madame Grâce la démarche à suivre, je lui affirmai également qu'il m'entendrait, sous la forme d'une enquête administrative, le collègue anu-frugivore… Et que ces événements n'en resteraient pas là… Que je serais très ferme étant donné le comportement tout à fait inapproprié du fonctionnaire et mon ambition de faire respecter au mieux le code de déontologie… Cette merde !

Cette étape prit un temps fou car Madame Grâce me fit

répéter mes dires à de nombreuses reprises. Elle nota chacun de mes mots sur son carnet rose avec un stylo qui me semblait être de la forme d'un pénis en érection... Curieuse Madame Grâce ! Qui était-elle pour assumer aussi simplement ce genre d'objets ?

Je fus déstabilisé par cette créature d'une autre dimension. Madame Grâce dégageait une assurance dont seules les sublimes pouvaient se targuer.

À la fin de ma tirade, Madame Grâce rangea son petit cahier puis me fixa d'un regard univoque :

– Monsieur l'agent, si un jour vous n'êtes plus avec votre amie, n'hésitez pas à me contacter. Je vous appartiendrai...

– Vous êtes décidément très étonnante, que je murmurai, totalement décontenancé.

– Vous êtes définitivement très innocent...

Dans un clin d'œil aguichant, Madame Grâce se retira de mon office en me laissant bouche bée de surprise... Avec un suprême effort, je laissai échapper un « au revoir Madame » qu'elle n'entendit pas, tant le son de ma voix fut inaudible...

Les femmes et les offres commerciales répondent à la même logique, quand c'est trop beau pour être vrai, c'est que c'est trop beau pour être vrai... Alors, de la même façon que nos bons spécialistes en marketing et autres fumisteries neuronales, elles trichent, camouflent leurs défauts, ne laissent apparaître que le tolérable pour nous, pauvres victimes de l'entourloupe...

Madame Grâce, c'était une femme à problèmes... Harcelée toujours, mais toujours prête à faire l'amour avec le premier venu...

Dans le milieu bourgeois de nos élites, on appellerait cela une « fille de joie ». En réalité, « pute » serait le bon terme...

De nouveau seul dans mon bureau, je me sentis bien puceau, et bien gentillet en comparaison à l'aisance et la confiance de Madame Grâce.

Je pris bien cinq minutes pour me remettre les idées en place après cette entrevue. On m'avait pourtant prévenu, pendant ma formation, que les problématiques policières pouvaient prendre des aspects très particuliers…

Dans la catégorie des « aspects particuliers », cette affaire de fruits, d'anus et de photo, en était une belle ! Même pas sûr que beaucoup d'officiers aient à discuter un jour des orifices de leurs effectifs…

Je convoquai mon plaintier multisoupapes en vue d'une prise de sa température sur ce dossier… De manière figurée, évidemment…

C'était un jeune gardien de la paix, tout juste affecté dans le commissariat. Gros, dégoulinant de graisse, flasque au possible, ce gardien m'inspirait, à l'image des siens de sa race en surpoids, la paresse et la gourmandise.

Il faisait encore frais en cette matinée mais il transpirait déjà… Ce simple constat me suffit à juger de son état de santé…

J'abordai le sujet vicieusement :

– Quel rapport entretenez-vous avec les bananes ? que je demandai d'abord.

Il ne comprit pas mon allusion…

– Les bananes sont-elles un aliment privilégié chez vous ?

L'indigne feinta une nouvelle fois l'incompréhension. J'attaquai frontalement :

– Monsieur, vous faites ce que vous voulez de vos bananes et de votre anus… En revanche, lorsque vous envoyez le tout en photo à une plaignante, croyez-le ou non, ça me pose un souci…

Le gardien, nullement impressionné, me demanda si la plaignante en question répondait au doux nom de Madame Grâce. Je lui confirmai le nom, du tac au tac :

– Oui, c'est bien d'elle dont il s'agit... Madame Grâce... Alors, ça vient ces explications ? que je m'impatientai.

Il explosa de rire, le con... Il rit pendant facilement deux minutes sans discontinuer... Et moi, je le regardai se marrer très franchement, sans aucune retenue ! Sans aucune pudeur ! Sans aucun respect pour personne !

Je pris la décision de me le faire... Par l'avant... Par l'arrière... Façon « crampe » dans *Pulp Fiction*... Avec la boule dans la bouche ! Le latex ! Le fouet ! Je lui réservais la totale, à celui-là ! Il n'allait pas regretter son arrivée ! Ni son départ d'ailleurs !

Son fou rire gras et dégoutant passé, il entendit enfin me donner des précisions sur les raisons de ses agissements :

– Lieutenant, par où commencer ?

– Par le début, imbécile !

– Hum... Oui... Donc... En fait, je suis en couple avec cette Madame Grâce. Depuis des années, nous nous livrons à des paris pour pimenter notre vie de couple et le sien était de venir voir mon responsable pour lui montrer ces photos.

– Ah... Si je comprends bien, vous, le gros porc repoussant, vous couchez avec elle, cette bombe anatomique ? que je questionnai, réellement estoupanté par cette information.

Il acquiesça.

Je savais bien que je n'avais jamais rien compris aux femmes... Il fallait donc être un sale vicieux hideux pour les séduire... C'était ça le secret...

– Et les photos, c'était un pari aussi ?

– C'est une pratique sexuelle comme une autre... Même que c'est elle qui a pris la photo-souvenir...

– Ah bon... ?

– Ben oui... Lieutenant... Regardez-moi, sérieusement... Je ne suis pas assez souple pour prendre cet endroit en photo.

Je ne sus plus où me mettre. Il paraissait si à son aise dans ce domaine que je n'osais plus le zyeuter en face désormais…

– Hum… De plus en plus surprenant… Et bien sûr, je suppose que vous partouzez régulièrement ?

– Monsieur est connaisseur ? qu'il me fit, amusé tout à coup par la tournure que prenait la conversation.

– Non… Non… que je répondis avec une gestuelle qui traduisait ma gêne.

Nos regards se croisèrent… Je ne pus m'empêcher de lui sourire, à ce pervers sexuel… Nous rîmes franchement tous les deux… Ce fut incontrôlable… C'était trop drôle pour rester sérieux…

Je dus me concentrer afin de clôturer cet entretien :

– Mais… Dites-moi… À titre seulement et purement instructif… Est-ce qu'il n'y aurait pas moyen que je la partouze tout seul, votre femme ?

– Elle est belle, ma femme, hein ? qu'il me rétorqua avec complicité.

– Baisable à souhait… Allez, cassez-vous, espèce de fou furieux !

Il quitta la pièce, tout sourire, aucunement dérangé par nos échanges… J'hallucinais !

Mon instinct, pas bavard jusque-là, m'indiqua que j'allais en voir de belles dans ce paisible commissariat de province…

***

En tant que fonctionnaire exemplaire, j'avais passé ma matinée à brasser de l'air.

Entre la fausse plainte de Madame Grâce, mes quelques allers aux différentes cellules de garde-à-vue, la prise en compte de la gestion des fouilles et des scellés judiciaires, et l'armurerie, je prenais petit à petit la mesure du travail qui m'attendait.

Je pensais, bêtement, qu'être interdit de voie publique me tranquilliserait. Il n'en était rien.

J'avais tout de suite pris conscience que la moindre erreur me coûterait une enquête administrative sur ma manière de servir et de désagréables auditions menées par l'Inspection Générale de la Police Nationale... quand bien même je n'en étais pas le responsable direct.

Tout, absolument tout, était une source d'emmerdes infinie. J'occupais ainsi, je l'avais désormais réalisé, un poste bien moins sécurisant que si j'avais été sur la voie publique...

Pour me rendre compte du travail de chacun, j'avais demandé à un gardien expérimenté de m'expliquer comment il s'occupait des fouilles judiciaires. Devant la cellule du gardé-à-vue qui m'avait insulté plus tôt ce matin, il me détailla sa façon de procéder :

– Prenons l'exemple de ce charmant jeune homme qui est arrivé chez nous hier après-midi : sa fouille se situe dans le tiroir du même numéro que sa geôle. C'est inscrit sur le registre. Nous avons listé tout ce qui se trouvait en sa possession à son entrée au commissariat. Dans notre cas, cette chance pour la France aux dix-sept antécédents judiciaires avait un téléphone probablement volé, une carte d'identité et trois-cents euros en liquide sous la forme de trente billets de dix. Vous me suivez ?

Je lui répondis que ses éclaircissements, en plus d'être pédagogues, étaient des plus divertissants. Il me plaisait ce vieux gardien, il balançait entre ironie et sérieux. Il était très agréable à écouter...

Nous dialoguâmes encore longtemps de tout et de rien. Il me confia ne plus être en accord avec les valeurs de notre société, ne plus oser interpeller certaines personnes, de peur de devoir se justifier ou de passer au tribunal médiatique. Il ajouta même qu'il mentait toujours à son entourage sur son métier afin d'éviter toute ambivalence nuisible.

– Je me suis déjà fait crever mes pneus devant chez moi par mes voisins… Et depuis les gilets jaunes, c'est encore pire… qu'il conclut.

Je le soutenais, ce gardien, qui n'y était pour rien dans les contradictions de notre société. Je lui exprimai ma compassion par un maintien intéressé sans toutefois aller trop loin dans la proximité, l'heure du repas arrivant à grand pas… Mais alors que je pensais avoir mis fin à notre conversation, il insista timidement :

– Lieutenant, excusez-moi de vous demander ça… Ça fait quoi de tuer un homme ?

Je restai coi… C'est le genre de question qu'on ne veut pas se voir poser un jour dans sa vie… Je décidai de le remettre à sa place froidement :

– Je ne vous permets pas…

– Assassin !

C'était le jeune encagé, le provocateur verbal de la matinée, qui venait de me crier cela.

Je jaugeai d'un coup d'œil l'outrecuidant crapaud :

– Monsieur, vous êtes ?

– Nabil ! Un ami d'Ashraf ! L'homme que t'as assassiné, sale bâtard !

Le gardien, craignant sans doute une réaction inattendue de ma part, recula de trois pas. Quant à moi, une rapide observation des lieux me fit constater la présence de caméras au-dessus de chaque geôle… Le champ des possibles n'était pas propice à la violence saine et salvatrice…

Malgré sa haine visible envers moi, il m'intéressait au plus haut point, ce petit trou du cul trop protégé par nos lois :

– Ah ! Monsieur, peut-être connaissez-vous Zachary, un de ses fidèles acolytes ?

Il fut littéralement désamorcé par mes propos… Il avait cru

me faire mal en m'insultant et le voilà qui devait me donner des informations…

– Tu le connais, j'en suis sûr ! que j'insistai.

Après un temps de réflexion, il finit par s'inquiéter :

– Qu'est-ce que tu lui veux, à Zachary ?

– Parle-moi de ses habitudes.

La routine, c'est toujours ce qui tue…

– J'te dis rien du tout, wallah ! qu'il se braqua.

– Pas de soucis, mon petit, que je terminai.

***

Lors de ma pause méridienne, assis tranquillement sur ma chaise inconfortable, un Tupperware immonde posé sur ma table, je cherchais le moyen de raccrocher cet imbécile de Nabil à la cause qui était la mienne.

L'exercice s'avérait facile en théorie, je n'avais qu'à le torturer jusqu'aux aveux, mais difficile en pratique, un commissariat n'étant pas un lieu adéquat aux démonstrations de force.

Même de nuit, je ne pouvais rien lui faire, à ce menu branlotin.

Pourtant, je n'avais besoin que d'une minute ou deux pour le faire parler comme une marionnette… Ce n'était qu'une question de doigté…

Le suivre après sa libération de garde-à-vue me semblait une solution plausible, cependant, elle présentait l'inconvénient de m'ajouter un travail considérable et une incertitude quant aux suites judiciaires de mes ambitions.

Je devais trouver le juste milieu, entre prise de risques et conséquences sur l'avenir. Je devais choisir au mieux, l'enjeu n'était rien de moins que ma survie dans la police !

J'avais beau chercher, je ne trouvais pas… Nabil jouissait

pour l'instant d'une paix déplaisante à mes yeux. Je ne pouvais pas laisser échapper une telle occasion d'en apprendre plus sur Zachary.

Zachary était le personnage le plus difficile à cerner. Ses plaintes déposées chez nous contrastaient avec son passé criminel. Selon ses antécédents judiciaires, il était clair que ce jeune homme, chanceux d'être en France, avait un souci d'empathie envers les animaux… Sûrement un complexe d'infériorité qu'il n'arrivait pas à résoudre avec les humains qui le frappaient régulièrement… Je ne savais qu'en conclure…

Nabil devait m'en dire plus !

Perdu dans de joyeuses pensées, ne croyant habituellement pas du tout à la prédestination, je dus avouer que j'entrevis un clin d'œil du destin quand un gardien ouvrit ma porte, un splendide serpent de deux mètres autour du cou…

Il me raconta ses déboires :

– Lieutenant, nous avons eu une intervention un peu spéciale tout à l'heure. En patrouille pour faire respecter le confinement, nous avons été requis par la station directrice car une femme se promenait avec son serpent. Nous sommes allés à sa rencontre, mais cette dernière nous a alors insultés et a essayé de nous frapper.

– Qu'est-ce qu'elle foutait avec son serpent dans la rue ? Elle est gaga ? que je demandai avec hébétement.

– Elle nous a dit qu'elle avait le droit de promener son animal de compagnie et que son serpent en était un, d'animal de compagnie…

– C'est une vision des choses…

– Nous voulons donc la placer en garde-à-vue pour outrage et violences sur personnes dépositaires de l'autorité publique. Êtesvous d'accord ?

– Absolument.

– Le problème est donc le suivant : que faisons-nous du reptile ?

Il était vrai que ce fameux serpent en était un, de problème... Un sérieux, même... Un bien embêtant... qui demandait une réponse rapide et définitive... sans quoi les soucis de ce jeune gardien deviendraient mes soucis à moi aussi... Et ça, je ne le voulais pas...

J'avais une peur bleue des serpents, ces saloperies avec un grand cou et pas de bras... Ce sont de vraies merdes, ces animaux de l'enfer !

– On pourrait peut-être le mettre avec sa propriétaire dans sa cellule ? qu'il me proposa, le gardien, ami des bêtes.

Sa proposition me parut pleine de bon sens. Toutefois, l'idée me vint de contraindre le machin tout en longueur à un léger détour par la case Nabil...

– Tout d'abord, on va le présenter à un usager, suivez-moi ! que j'ordonnai.

J'amenai l'équipage improbable devant la cellule de Nabil. L'insupportable se recroquevilla immédiatement dans un coin quand il nous vit arriver, paniqué...

Je fis signe au gardien de faire entrer le serpent doucement dans la cellule puis de le reprendre lentement... Histoire de lui causer un peu du tracas, à ce fumier de première main...

– Arrête ! Wallah ! Tié un malade ! qu'il s'écria, Nabil, tout rabougri sur lui-même.

L'instant d'après, le crapaud s'effondra en larmes... Il était devenu plus coopératif que les meilleurs collabos... En une seconde ! Comme ça !

– C'est bon je parle, wallah ! qu'il répétait entre deux insultes...

Le gardien, écroulé de rire sa sale bête de retour sur ses épaules, m'interrogea sur la destination finale du reptile.

– Vous le mettrez dans la cellule de sa propriétaire, j'appellerai le parquet pour la faire libérer dans la soirée, que j'indiquai.

Ne restait plus que Nabil et moi dans l'espace immédiat… Il ne faisait plus le malin du tout, le Nabil… Il tremblait de tous ses os… Il faisait pitié, tapis au fond contre un mur… Terrorisé… Quel plaisir de le brimer, ce bon Nabil !

– Zachary, je peux le trouver où ?

Entre deux tremblements, Nabil mima un « non » ridiculement peu assuré de la tête. L'affreux était déjà occupé à trahir sa parole… Je renchéris :

– Dis donc Nabil, tu veux vraiment revoir mon serpent ? Parce que tu vas prendre peur pareil et je te garantis que tu vas dormir avec lui si tu t'entêtes dans ta connerie.

– Wallah ! Tié un grand malade, frère !

– Je ne suis pas ton frère. Zachary, il est où ?

– Tu m'demandes de balancer mais après, il va m'niquer moi…

– Réponds, bordel !

Il hésita encore deux secondes pendant lesquelles je me crus obligé de rappeler mon serviteur le serpent, mais finalement, Nabil me glissa dans un souffle :

– Il organise des paris clandestins dans des sous-sols vers le port de Marseille. Ça se passe pendant la nuit. C'est deux-cents euros rien que pour rentrer…

Je fis préciser à mon informateur privilégié l'emplacement exact de l'entrée de ces fameux sous-sols, puis je partis du commissariat…

Une longue nuit m'attendait…

***

Le soir venu, j'enlevai mon uniforme d'officier quasi exemplaire pour enfiler celui de tueur à l'humeur austère.

D'un tempérament particulièrement tabassant en cette fin de journée pleine de rebondissements, je marchai d'un pas rapide et déterminé vers l'endroit indiqué plus tôt par mon nouvel ami Nabil.

J'avais pris soin, avant de quitter le service, de faire prolonger la garde-à-vue de cette racaille de collaborateur. Il était bien dans sa cage, une nuit de plus lui apporterait le plus grand profit...

Par la faute du confinement, les rues étaient devenues encore plus froides qu'à l'accoutumé. Les courageux inconscients se faisaient rares en ces temps troublés...

J'arrivai près d'une porte gardée par un type grand et gras, aux vêtements sales et au regard mauvais. Ce brave monsieur répondait en tout point de vue à la définition du crasseux de cité que je me plaisais à fréquenter dans mon métier.

Avec une politesse démesurée, je l'apostrophai :

– Bonsoir mon mignon, malgré ta mocheté, peut-être m'ouvriras-tu la porte sans me faire d'objections ?

Sans doute drogué, il ne remarqua pas mon minois narquois et mes poings fermés prêts à l'emploi en cas d'un refus malencontreux. L'imbécile mima un échange d'argent avec ses doigts. Je lui versai les deux-cents euros souhaités.

Il me laissa descendre un escalier plongé dans un noir démentiel...

Craintivement, je m'accrochai à la rambarde pour finalement atteindre un sol plat que je ne discernais pas. La noirceur des murs, mêlée à un éclairage impécunieux, presque inexistant, me plongea dans un malheureux état de disgrâce sensorielle... Je n'en menais vraiment pas large, désorienté au milieu du néant, entendant ici et là des bruits peu rassurants, sentant un danger indéfinissable autour de moi...

J'eus un bref moment d'hésitation avant de me reprendre... Zachary mourrait ce soir... ou jamais ! Son issue ne dépendait que de moi !

En dépit d'une panique prégnante, j'avançai à tâtons

jusqu'à une nouvelle porte, celle-ci beaucoup plus lourde que la précédente. J'ouvris…

J'en avais découvert, des choses désobligeantes, après avoir poussé des portes sans avoir frappé auparavant… Des choses terribles parfois… Atroces, même ! Mais ce que mes yeux captèrent une fois dans ce nouvel espace dépassait très largement l'entendement !

L'endroit était lugubre ! Pas accueillant pour un brin… Franchement repoussant de prime abord !

C'était une immense caverne, à peine éclairée, au plafond tout juste assez haut pour qu'on s'y tienne debout… Le vacarme encombrant les lieux me confirma la présence d'une foule hyper dense, agglutinée autour d'un spectacle qui se produisait à ras le sol… Les ombres informes, en pleine transe euphorique, étaient beaucoup trop occupées à s'insulter et à s'entrepousser pour percevoir ma présence…

C'était rempli de noir et de bruit, cet endroit ! Un véritable enfer sur Terre ! Une immondice de choix parmi les immondices !

Mon calvaire s'amplifia de plus belle quand je parvins à m'approcher du centre de leur attention !

À ce moment-là seulement, je réalisai la gravité de la situation… Je vis un chien, physiquement proche de la race du pitbull, au-dessus d'un autre canidé… Les crocs ancrés dans sa carotide !

L'autre molosse, couché au sol, glapissait les dernières secondes de sa vie… Il ne se débattait même plus… C'était une loque…

La foule, quant à elle, vociférait la mise à mort de l'animal à plus forts décibels encore !

La bestialité du cabot vainqueur se décupla alors… Et dans un ultime déferlement de férocité, le monstre arracha la tête de son adversaire… accroissant encore la folie de la foule…

Je retins un haut-le-cœur lorsque je humai l'indescriptible odeur de la mort qui s'en suivit… Je fus le seul à avoir cette réaction de dégoût… Toutes les ombres autour de moi profitaient au plus profond de cette image macabre… La folie des hommes n'a pas son égal dans le royaume animal…

« Ils sont fous… complètement fous… Ce sont des dégénérés de l'humanité… Des déchets à broyer, à frapper jusqu'à leur anéantissement… », que je me répétais en boucle, estomaqué…

Mais étaient-ils fous, vraiment, ces gens ? N'assumaient-ils pas leur humanité par l'intermédiaire de leurs chiens, tout simplement ?

Après tout, j'avais tué un homme, moi ! Et je m'apprêtais à en tuer deux autres de sang-froid… J'étais pour ainsi dire bien pire et bien plus cruel que toutes ces sublimes personnes jouissant devant ce moment pourtant pestilentiel à mes sens…

On peut longtemps faire semblant… Mais vient fatalement un jour où le masque, qu'il soit FFP2 ou pas, ne tient plus… J'étais un assassin, là était la vérité vraie…

Je n'eus pas le temps d'aller plus loin dans mon introspection. Un homme, plus bourré et camé que ses acolytes, prit la parole pour annoncer le prochain combat.

Tous à l'unisson crièrent leur excitation… Je frémis…

Deux dresseurs se présentèrent dans la lueur d'un des projecteurs disposés par terre, tenant leur molosse en laisse…

Dans un mouvement de tête malencontreux pour lui, le visage de Zachary m'apparut tout à coup ! Il était là ! C'était l'un des deux dresseurs !

Son chien était une sorte de bestiasse enragée, gonflée de muscles ! Zachary, cet homme fragile, peinait à garder sa chose à ses pieds…

Les bêtes placées face à face… s'aboyant dessus… grognant… bavant… claquant des dents… prêtes à se broyer mutuellement… Les paris furent ouverts officiellement…

Un homme me tendit la paume de sa main, j'y mis cent euros de ma poche sur ce chien de Zachary.

Les véritables chiens, quant à eux, furent lâchés… Le combat s'engagea dans une liesse assourdissante…

Je ne pus supporter cela… Je refusais d'être le complice passif de ce massacre… Je détournai mon regard de la scène principale afin de me focaliser sur Zachary.

Il semblait angoissé… ses yeux rivés sur sa bestiole en pleine agitation…

Je m'approchai de ma proie… lentement… discrètement… sans qu'il ne m'entendît…

Une fois à son niveau, je lui chuchotai derrière l'oreille un : « Bonsoir Zachary » furtif, qu'il tarda à réceptionner. Le mort-vivant se tourna… Je compris à son maintien défensif qu'il se souvenait parfaitement de ma voix.

Zachary retint un geste d'inquiétude… Sans doute pour ne pas affoler le reste de la meute, il se figea, face à l'arène.

– Je suis ici pour t'assassiner…

Zachary resta stoïque quelques secondes puis se redressa, tout à coup confiant :

– Impossible… Tu n'oseras pas me tuer au milieu de tout ce monde.

– Tu veux parier comme j'ai parié sur ton cabot ?

– Je ne te crois pas capable de faire ça, Nicolas…

– Ashraf pensait sûrement pareil que toi avant que je ne m'occupe de son cas…

– Mais je ne t'ai rien fait directement, moi.

– Tu as voulu me tuer, pauvre enflure… Et tu tortures des animaux qui ne t'ont rien demandé…

– Les combats de chiens, cher Nicolas, sont une passion. Tu ferais bien de t'en trouver une, de passion, plutôt que de m'emmerder !

– J'en ai une… Malheureusement pour toi, ma passion engendre des meurtres…

– Tu mens. Tu n'as aucune passion.

– Ma seule passion, c'est l'écriture… La littérature… Je décrirai ta mort avec tellement de vigueur que les lecteurs se sentiront sales de lire et d'aimer ça ! Ta mort sera la plus belle scène de crime des écrits ! Ta mort sera tellement rythmée, tellement rimée, que les lecteurs reconnaîtront unanimement qu'elle était un mal nécessaire pour mon œuvre littéraire ! Et ils salueront ce passage par un silence complice et un regard fixe loin au-dessus du livre placé dans leurs mains !

Je laissai une seconde avant de conclure :

– Au revoir Zachary, merci d'avoir apporté ta mort à mon sinistre édifice !

À la fin de cette phrase, dans l'indifférence générale, je poussai Zachary dans l'arène où se déroulait le combat des braves bêtes… L'infâme personnage tomba à la renverse… Les deux chiens stoppèrent leur acharnement l'un envers l'autre, se disant qu'ils avaient mieux à faire à le tailler en pièces… Les bestiaux s'approchèrent d'un pas de loup… avec calme et délicatesse… convaincus que ronger les os de leur maître serait à leur goût… Imperturbables, les clébards claquèrent leurs crocs rouges de sang… La foule entra dans une furie inimaginable… Zachary, pour sa part, resta pétrifié sur place… Il n'était pas préparé à endurer l'épouvantable…

En un éclair, les canines des canidés crochetèrent la chair de Zachary… Son visage décrivit un cri de douleur imperceptible dans ce bruit…

Les ombres, d'une seule et même voix, réclamèrent le prolongement du supplice de leur ami… Très vite, des boyaux et des viscères déchiquetés prirent place partout autour d'un Zachary devenu malgré lui bien comestible…

Non contents de l'achèvement de leur œuvre, les chiens

s'acharnèrent ensuite sur sa gorge et enfin sur sa tête... Celle-ci se détacha du reste...

Zachary était mort, dévoré par ses propres bêtes...

Je scrutai les alentours pour me souvenir à jamais de tous ces vautours saoulés et drogués autour de cette apocalypse... « Leur problème, c'est l'anonymat... Ici, dans l'ombre, il n'y a plus de règles qui tiennent... » que je me dis...

Quand on est sous la lumière du soleil, on se sent toujours un peu coupable de nos agissements... Une fois à l'ombre, l'humain dégénère... Il révèle alors sa vraie nature... Sa folie reprend les rênes... La moindre idée de culpabilité disparaît... C'est le royaume du plus extrême... du plus fou... du plus fort... du plus déterminé à tuer son prochain... En somme, c'est le règne du plus reptilien...

Le plus reptilien ici, c'était moi !

**

Le lendemain matin, je libérai moi-même mon bon Nabil, incrédule de me voir aussi éblouissant.

– Très cher Nabil, je te remercie ! On se croisera au détour de tes prochaines gardes-à-vue chez nous, sale con ! que je le saluai en lui tapotant le haut du crâne.

L'ahuri se laissa humilier de la sorte jusqu'à sa sortie. Je l'accompagnai en bas des escaliers pour lui adresser mes adieux :

– Mignon Nabil, tu feras la bise à Zachary de ma part.

Je le laissai, seul avec ses lacets de chaussures à la main.

Le retour dans mon bureau fut plus calme. J'étais totalement apaisé depuis l'élimination de Zachary. J'avais fait ma bonne action. Je me sentais utile à la société. Débarrasser celle-ci de ce qui la tyrannisait, c'était un insigne plaisir !

Diakité était le prochain élu sur ma liste. Je lui appliquerai le même traitement anti-typhus que celui des autres crapules. C'était une certitude ! Je devais simplement attendre le bon moment… Mon talent ferait le reste !

Diakité, ou plutôt futur feu Diakité dans mon esprit, n'était qu'une formalité à éliminer. Il était chétif, naïf, absolument pas vaillant en solitaire, et surtout, il mésestimait le caractère excessif de son adversaire… Diakité serait un amuse-gueule, un apéritif…

En arrivant au boulot, j'avais sollicité un nouvel entretien psychologique auprès de mon chef de service. « Fin de matinée, ça vous va ? » qu'il avait entériné le débat après un coup de fil. J'avais besoin de retourner dans la rue pour activer la dernière étape de ma vengeance impitoyable.

Je m'étais ainsi ménagé cette matinée pour en faire le moins possible. Aucune réunion stérile, aucun crapaud débile, aucune victime fragile, ne viendrait troubler ma paix intérieure à peine retrouvée… Je consacrai le temps dégagé à un sommeil profond bien mérité.

Vers les coups de onze heures, l'arrivée de Madame Psychanalyse, cette connasse dégueulasse, vint tirer un trait sur mes rêveries :

– Trêve de plaisanteries, Nicolas, qu'elle commença en s'installant sur le fauteuil, vous n'espérez tout de même pas me faire croire à vos âneries ?

Madame Psychanalyse semblait véritablement outragée par ma demande de rendez-vous. Elle renchérit :

– Vous êtes lourd, toujours à faire des histoires !

– Quelles histoires ? Je n'ai encore rien dit, que je rétorquai, faussement étonné.

Le ton courtois de ma voix la désamorça, elle s'affala dans un soupir, désespérée, stylo et feuille de papier entre les doigts.

Elle lâcha un : « Je vous écoute » essoufflé… J'en déduis

que j'aurais à déployer violons, flûtes, pipeaux et tout l'orchestre pour lui jouer la messe. La convaincre de me réintroniser sur les trottoirs marseillais, c'était l'objectif final de la manœuvre !

– Je vais mieux, Madame.

– Vous allez mieux, Monsieur ?

Sa manie de répéter toutes mes fins de phrases était désopilante à souhait ! Je me contins malgré mes envies de gifles vers son visage :

– Beaucoup mieux… Toute la violence intériorisée en moi s'est volatilisée.

– Parbleu ! Votre violence s'est volatilisée ?

Elle ne me prenait pas au sérieux. Ses airs ironiques m'incitèrent à faire mieux :

– Cette nuit, j'ai décompensé et maintenant, je vais mieux… Je devais vous le dire.

Elle tiqua sur le terme « décompensé ». L'utilisation d'un jargon pseudo-psychologique activa un réflexe pavlovien en elle. Tout à coup, je devins un formidable objet d'étude. Elle se rapprocha de mon bureau :

– Racontez-moi cette décompensation ?

Elle m'en posait de belles, de questions… Je n'avais prévu aucun mensonge spécifique sur ce sujet… Je me lançai dans le projet :

– C'était vers minuit, je ne parvenais pas à dormir. J'étais sur mon lit, en tailleur, et je me suis mis à pleurer sans que je ne puisse m'arrêter…

Les yeux de Madame Psychanalyse grossirent… Suspendue à mes lèvres, qu'elle était… Elle sollicita une nouvelle invention de ma part :

– Est-ce que vous avez beaucoup pleuré ?

– Oh oui ! Énormément… Je n'avais jamais autant pleuré avant… Des gouttes énormes qui coulaient sur mes joues puis sur mes draps... J'ai même dû changer toute ma literie avant de pouvoir dormir, tellement j'avais versé de larmes...

– Et alors ? Et alors ? Comment vous l'avez ressenti ? qu'elle demanda, complètement intéressée par mes affabulations...

– Vous n'imaginez pas à quel point je fus soulagé... Et maintenant, je vous affirme haut et fort que je vais mieux, et que j'en suis très heureux !

– C'est formidable ! qu'elle s'enflamma. Eh bien, Monsieur Nicolas, permettez-moi de vous féliciter ! Vous êtes guéri !

Je n'avais pas été au courant d'une quelconque maladie... Je jouai cependant franchement son jeu :

– Ah ! Génial ! Et le fait de vous l'entendre dire me fait un effet incroyable ! Du fond du cœur, sans hypocrisie aucune, je vous remercie !

– C'est avec plaisir, Monsieur Nicolas ! Allez ! Venez me faire un câlin ! qu'elle s'emporta dans un élan d'enthousiasme, en se levant, les bras écartés prêts à m'accueillir auprès d'elle...

Avec une gêne palpable, je finis contre elle, sa tête sur mon épaule...

Cette accolade malaisante dura une dizaine de secondes... C'était long, dix secondes, dans les bras d'une tarée...

– Vous me faites penser à mon fils ! qu'elle trouva judicieux d'ajouter...

Nous nous rassîmes à nos positions respectives, puis elle reprit :

– On l'a adopté, ma moitié et moi, il y a vingt ans, aux États-Unis.

Les homosexuels, habitués à la clandestinité, utilisent souvent des indéfinis pour qualifier leur partenaire de vie...

Par curiosité, je demandai :

– Il y a vingt ans, aux États-Unis ?

– Oui… À l'époque, les lois françaises ne nous autorisaient pas à adopter… Mais aujourd'hui, ma moitié et moi ne nous entendons plus… Nous en avons discuté hier… Nous allons divorcer !

– Oh… que je fis, plus vraiment captivé par ses problèmes.

– Oui… C'est terrible ! Je suis dévastée ! Je voulais ne jamais divorcer ! Je ne vais pas m'en sortir…

– Madame, pour aller mieux, peut-être faudrait-il pleurer…

Madame Psychanalyse fondit en larmes… Légèrement gêné, je lui tendis un Kleenex. Elle s'y moucha frénétiquement… J'eus l'impression que ses réserves de morvelle étaient inépuisables… Cette fantaisie continua pendant deux longues minutes… Elle pleurait… encore et encore… sans discontinuer…

Ce rendez-vous médical rocambolesque tournait au ridicule… Je tentai d'y mettre fin :

– Madame, je vous avoue avoir beaucoup de travail. Nous pouvons échanger sur votre situation personnelle prochainement si vous le désirez. Aussi, auriez-vous l'obligeance de m'enlever mon interdiction de voie publique, s'il vous plaît ?

– Bien sûr, pourrions-nous faire une consultation dans une semaine ? Je vous paierai, cela va de soi !

– C'est d'accord. Et pour mon interdiction de voie publique ?

– Oh oui ! J'allais oublier ! Laissez-moi cinq minutes, le temps de faire la paperasse.

Madame Psychanalyse, entre deux jérémiades, s'exécuta sur son papier blanc. Je me tus, lui laissant le temps d'agiter son stylo au-dessus de la feuille depuis son fauteuil.

Pendant ce temps, alors que je surveillais l'avancée de la rédaction afférente à mon nouvel état de santé, on entra sans frapper…

C'était le même gardien qui m'avait ramené le serpent...

Cette fois-ci, il me présenta un humain, un bien bipède, qui tenait sur ses deux jambes arquées et tout... Avec une bonne tête de gland... Du genre que j'aimais bien violenter sur la voie publique...

– Lieutenant, j'ai verbalisé cet homme à deux reprises depuis le début du confinement. Regardez ce qu'il a écrit sur son attestation dérogatoire de déplacement.

L'individu, prénommé Jean-Claude, avait coché la case correspondant à une raison impérieuse de déplacement. Pour se justifier, il avait cru intelligent d'écrire le motif suivant : « Je vais vendre ma Xbox car je n'ai pas assez d'argent pour payer mes deux contraventions. »

Je dévisageai l'auteur de cette prose surréaliste.

– Dis-moi, mignon J-C, cette Xbox, que tu vends, tu ne l'aurais pas volée dans un appartement au quatrième étage d'un immeuble de la cité C, par hasard ?

Au départ arrogant par son faciès stupide, Jean-Claude eut un silence qui en dit largement assez sur mon affirmation... J'avais vu juste... Il faisait partie de ces crasseux qui avaient participé au départ précipité des trois abrutis... Ceux que nous avions escortés pour récupérer leurs affaires lorsque j'étais avec mes défunts collègues en police-secours...

– Lieutenant, je le place en garde-à-vue ?

Ce jeune gardien, que j'appréciais pourtant bien, me fit sortir de ma plénitude...

Sans que je ne puisse rien y faire, la paume de ma main vint rencontrer le nez de Jean-Claude... Celui-ci, si désinvolte jusqu'ici, ne laissa échapper qu'un léger son de sa bouche...

Je hurlai ensuite sur mon gardien, fatigué de m'occuper de ces futilités :

– C'est quatre amendes pour placer en GAV ! Tu ne comprends rien ! Maintenant tu dégages ! Ne reviens plus me voir pour des conneries ! Tu me casses les couilles !

La suite de mon intervention fut un échange de regards étonnés, autant de la part du gardien de la paix que de Jean-Claude… Je claquai la porte sur eux.

Je me tournai vers Madame Psychanalyse, craignant que ma saute d'humeur ne lui ait fait changer d'avis…

– Voici pour vous. À dans une semaine ! qu'elle me fit avec un sourire franc.

– À bientôt, Madame, que je répondis, quelque peu désarçonné.

Sur mon bureau était posé le rapport de la psychologue. J'étais de retour ! Marseille n'avait qu'à bien se tenir !

**

Mon grand come-back sur la voie publique se fit dans la foulée du folklorique entretien.

Inutile de le préciser : j'étais bouillant ! La main chaude comme les flammes de l'enfer ! Prête à distribuer à qui voulait, et à qui ne voulait pas, des grandes mandales dans les caboches ! De grandes tartes bien puissantes ! À en décoller la tête du reste ! De belles tarloches ! À tuer toute la Création ! Les riches comme les modestes !

J'avais choisi au hasard un gardien de la paix du commissariat pour aller patrouiller vers les plages. Ces zones étaient particulièrement surveillées depuis l'annonce par notre gouvernement d'une tentative de confinement généralisé. Les forces policières se concentraient sur ce que l'on appelait l'« hypercentre » de Marseille et sur l'ensemble des plages et calanques environnantes. Nous faisions au mieux, avec les contraintes d'effectifs que nous avions et les moyens matériels dérisoires en notre possession…

La population respectait plutôt bien les consignes. La

physionomie sur place était calme et reposante. On croisait ici et là des promeneurs, souvent réunis en famille... Parfois, on voyait des fumeurs qui descendaient quelques minutes profiter de l'air extérieur... Quelques coureurs pratiquaient leur sortie journalière autorisée par l'exécutif... Ils étaient bien nombreux depuis peu, ceux-là, à galoper partout... C'était pour « stimuler les défenses immunitaires », qu'on nous avait baratinés. Alors, depuis le début du grand chamboulement, nous observions une recrudescence massive du nombre de coureurs dans la ville.

Ces nouveaux sportifs du dimanche quotidiens partageaient également les terres désertées avec des hominidés plus statiques que représentaient les journalistes...

Venus des cent kilomètres réglementaires à la ronde, ils attendaient leur bref passage à la télé. Ils rapportaient l'information selon laquelle tout se passait à peu près correctement... Une information de qualité, donc...

Ils s'agitaient parfois, afin d'intercepter un congénère en plein effort physique... leur demandant en plein direct ce qu'ils faisaient ici à courir, ou ce qu'ils pensaient de la crise sanitaire en cours, ou encore, ce qu'ils ressentaient à propos de ce virus mal connu... Des questions pertinentes en somme...

Je n'avais jamais aimé les journalistes. Par instinct d'abord, sans trop pouvoir expliquer le dégoût qu'ils m'inspiraient... Je les trouvais indiscrets, futiles, et invasifs... Puis, en rentrant dans la police, j'avais compris qu'il fallait ne pas leur faire confiance, ne leur accorder aucun crédit... Qu'ils déformaient sans cesse la réalité des faits... Qu'ils avaient rangé depuis longtemps tout sens d'objectivité... Et surtout, qu'ils étaient formatés pour enfoncer n'importe qui du moment que ça vendait un peu de papier... Les journalistes étaient des plaies. Je les haïssais.

Le simple fait de les voir dehors pendant cette période si difficile pour les français, profitant d'une liberté volée, m'horripilait. Ils faisaient les beaux, avec leurs micros, leurs caméras énormes et leur langage à mi-chemin entre le français et l'anglais.

Je les entendais se la raconter : « Je suis *ready* pour le *live* ! », que l'un d'entre eux s'exclamait, « Il y a *too much wind today*, c'est pas possible pour mes cheveux ! », qu'un autre se plaignait, « *On air* dans *three* minutes », qu'une assistante annonçait... Ils étaient puants, à utiliser un tel charabia ! Ces soi-disant chiens de garde de nos démocraties étaient des escrocs, des menteurs, qui se servaient de l'actualité pour faire de la politique.

Je marchai vers eux, l'air de rien, sans les alarmer.

L'une des leurs, une petite blonde enrobée, un genre de mètre cube sur pattes, m'apostropha :

– Monsieur l'agent, ça vous intéresserait de vous faire interviewer dans quelques instants ?

La pauvre... Elle ne savait pas à quoi elle s'exposait en venant me parler...

– Bonjour Madame, vous me montrez votre attestation de déplacement dérogatoire ainsi qu'une pièce d'identité, tout de suite !

Tous les journalistes se tournèrent vers nous. Je venais de briser leur tranquillité inconsciente. Elle, offusquée mais obéissante, trifouilla dans son sac à main et me présenta les documents requis par la force publique.

Il s'agissait de Madame Menteuse, journaliste pour une chaîne inconnue, résidente à Aix-en-Provence.

– Madame, cela vous fera cent trente-cinq euros d'amende, que je lui signifiai sans états d'âme.

Elle me fit des yeux aussi gros qu'elle pour me signifier son profond étonnement. D'une voix assurée, je me justifiai :

– Cela fait plus d'une heure que vous êtes en extérieur. Par ailleurs, la pauvreté intellectuelle de votre « métier » n'est pas un motif de sortie valable.

La malhonnête, dépitée, désemparée d'avoir affaire à tant de bonne foi, rassembla lentement son matériel. Avant de s'en aller, elle s'enhardit d'une dernière remarque :

– Monsieur, ce n'est pas sympa ce que vous faites.

– Je ne suis pas payé pour être sympa. Maintenant, rentre chez ta mère !

Ses confrères s'offusquèrent. Leur comportement traduisait une très nette désapprobation. Cependant, contrairement aux crasseux peu éduqués, cette population resta muette à mon égard. Je ne me laissai pas intimider par leurs effets de caméras :

– Cassez-vous, bande de mange-merdes ! Rentrez chez vous ! Vous ressortirez quand vous aurez trouvé un vrai boulot !

D'abord l'un après l'autre, ensuite tous ensemble, ils rangèrent leurs affaires et retournèrent à leurs véhicules.

Je les avais piqués dans leur égo… Habitués à s'écouter parler, à se congratuler dans leur médiocrité, à se prendre pour les nouveaux intellos de ce siècle, ils avaient besoin d'un rappel à l'humilité.

En réalité, je leur avais rendu service… Ce n'était pas tous les jours qu'on se voyait offrir des leçons gratuites de modestie…

Je les observais partir piteusement de la plage, un sourire en coin, très fier de mon opération, lorsque le gardien que j'avais emmené vint à moi :

– Lieutenant, il y a un gars qui veut vous parler. Méfiez-vous, il a l'air un peu bourré, qu'il me chuchota avant de me le présenter.

Il s'agissait d'un jeune homme aux cheveux bouclés, sale

sur lui, une bière à neuf degrés à la main, avec un sac de marche sur le dos. Il se redressa et, droit comme i, tenta une première phrase :

– Monsieur l'agent...

Il ravala un vomi pour mon plus grand soulagement. Il reprit :

– Monsieur l'agent... Sachez que...

Il s'arrêta de nouveau, cette fois-ci pour reprendre l'équilibre qu'il n'avait pas perdu. Il but presque l'entièreté de sa canette. Après un rot parfaitement ignoble, il se recolla à la tâche :

– Monsieur l'agent... Sachez que même si vous et vos collègues êtes critiqués par les gauchistes, les vrais gens comme moi, on vous soutient.

J'ignorais ce qu'étaient les « vrais gens », cependant, je compris le sens de son message.

Elles étaient si rares, ces personnes qui osaient venir nous voir pour discuter, nous témoigner leur sympathie ou juste échanger quelques mots sur le temps qu'il fait... Un soutien, une preuve de reconnaissance, c'était ce qui nous faisait tenir debout. C'était de loin la meilleure des motivations. Je me sentis important grâce à lui. C'était bon, comme sensation !

Je le remerciai avec une gratitude infinie :

– Tant qu'on y est, tu voudrais pas me sucer ?

Le gardien à mes côtés explosa de rire. Comblé d'avoir trouvé un public attentif à mon humour, je continuai :

– Qu'est-ce que tu branles dehors, toi ? Ton attestation, elle est où ? Et tes papiers, tu les as ?

– Je vis dans la rue, Monsieur, qu'il me répondit, désolé.

– Ça ne t'exonère pas de respecter le confinement.

Mon admirateur et moi fîmes les démarches administratives nécessaires à la bonne réception de sa contravention.

Je le laissai finalement partir vaquer à ses occupations de

clochard tout en lui rappelant néanmoins qu'il avait eu de la chance d'être tombé sur moi, car une ivresse publique manifeste entraîne normalement un placement en dégrisement... « Vous recevrez l'amende directement dans votre foyer d'accueil, pensez à régler tout de suite, sinon ce sera majoré », que je lui avais rappelé.

Le gardien et moi retournâmes au service afin de conclure cette sympathique journée confinée. J'en avais déjà marre de tous ces connards.

***

Témoignage de mon obstination, ou simple soumission au volume horaire imposé par l'administration, je revins le lendemain dans mon commissariat peu avant le déjeuner.

Je compris à la mine déconfite de l'Adjointe de Sécurité que je n'aurais pas dû m'octroyer une demi-journée de repos sans prévenir personne... Selon elle, j'étais activement recherché par le commissaire, notre grand patron à tous dans ce microcosme... J'allais me faire, comme le veut l'expression, « remonter les bretelles »... C'était tant pis pour moi...

Mais je ne regrettais pas pour autant mon choix. J'avais pu au moins profiter de ma belle Léa une matinée durant, elle qui m'avait tant manqué ces derniers temps...

Sa Sainteté m'attendait devant mon bureau. Ses bras croisés ainsi que son sourire pincé m'incitèrent à la plus grande prudence... Car comme le voulait une autre expression, « un commissaire en colère en vaut deux »...

— Paraît-il que vous vouliez me voir, ô grand patron ?

— Un peu, oui... qu'il me fit sèchement, entre ses dents.

Il ne se poussa pas de devant la porte. Il commença la confrontation :

— Si vous lisiez vos mails au lieu de verbaliser les journalistes et les clochards, vous auriez su qu'on avait une réunion hier après-midi, au sujet d'une manifestation aujourd'hui…

J'avais bien lu le mail évoqué. Je l'avais délibérément ignoré pour aller chasser à la plage.

Ne sachant quoi répondre, je me tus. Il continua :

— Je vous la fais courte, vous allez former une compagnie de marche avec vingt effectifs dont vous aurez la charge. C'est une manifestation contre le confinement. Le cortège se réunit dans une heure à l'hôpital de la Timone.

Il prit une pause pour jauger mon niveau d'écoute et insista :

— Est-ce que vous vous y connaissez en maintien de l'ordre ?

— Oh, vous savez, partout où je passe, l'ordre est maintenu.

Ma réponse ne le fit nullement rire. Il questionna encore :

— Avez-vous besoin d'un rappel quant à l'objectif de votre mission ?

Je tentai une réponse appropriée :

— Bah, on doit tabasser du manifestant en restant irréprochables juridiquement… non ?

La veine du front de notre ponte manqua d'exploser. Je l'avais fait sortir de ses gonds… Mon ironie, pourtant géniale à mon sens, ne fonctionnait absolument pas sur lui…

Il craqua dans un hurlement :

— Vous êtes trop con ! Nicolas, vous êtes con ! Putain !

Puis il s'éloigna tout en poursuivant ses hommages.

— Il est trop con, ce type ! Vraiment trop con ! Un abruti !

Il disparut au détour d'un couloir… Je perçus ses cris du cœur pendant encore quelques secondes. Puis très vite, je n'entendis plus rien…

Je me mis en tenue de maintien de l'ordre, me munis de mon casque et de ma gomme à décrocher les mâchoires, puis déguerpis dans un véhicule sérigraphié.

***

Le maintien de l'ordre, à mon grand désarroi, est une matière trop méconnue du connard lambda.

L'ordre public, c'est avant tout un cadre juridique dans lequel l'autorité administrative recherche l'équilibre entre libertés fondamentales, prévention des voies de fait et rétablissement de l'ordre par la force.

Dans presque tous les cas, les manifestations se déroulent sans point d'accroche, les organisateurs et l'autorité publique fonctionnant en relative bonne intelligence. Ainsi, le manifestant exerce sa liberté de manifester, par sa liberté d'expression, après autorisation du représentant de l'État. Généralement, le nombre de manifestants, les revendications et même l'itinéraire de la démonstration sont connus à l'avance. Tout cela est fait dans le but de prévoir un service d'ordre adapté afin d'assurer le bon déroulement de la manifestation.

Quant au cadre juridique, les règles sont simples. On prononce des sommations qui donnent lieu à l'utilisation de la force ou des armes selon le nombre de participants. Une fois ces sommations faites, les forces de police peuvent user de tonfas, gazeuses à main, grenades lacrymogènes et fumigènes, engins lanceurs d'eau, grenades à main de désencerclement, lanceurs multi-coups, lanceurs de grenades. Dans le cas spécifique d'une impossibilité de prononcer les sommations, les forces de l'ordre ont le droit de faire usage du lanceur de balles de défense.

Concernant les effectifs policiers, les Compagnies Républicaines de Sécurité et les Compagnies de Sécurisation et d'Intervention sont les forces les plus exposées dans ce jeu de canalisation des foules.

S'agissant de la foule, les gilets jaunes ont marqué un tournant dans le maintien de l'ordre français. Les équipements, les tactiques et les discours ont évolué. L'ordre public s'est durci, ce qui fait qu'aujourd'hui, les agressions contre les forces de l'ordre sont devenues courantes, les ripostes aussi…

On distingue plusieurs profils malgré l'uniformité apparente de ce mouvement.

Tout d'abord, il y a le « vrai » manifestant. Majoritaire au sein du cortège, il entend manifester pacifiquement. Il respecte la police et ses injonctions. Il croit réellement en sa revendication, même si elle est débile. Il entend exercer son droit sans provocations. Celui-là ne reste pas sur les lieux lorsque les sommations et les premières grenades sonnent la fin de la récréation.

Ensuite, il y a l'extrême opposé du « vrai » manifestant. Il s'agit du manifestant « idéologisé ».

Souvent anarchiste, ou a *minima* extrémiste politiquement, il veut la destruction de l'État sous toutes ses formes. Il est dans un combat perpétuel contre tout. Il interprète chaque geste des policiers sous l'angle biaisé de son paradigme. Volontiers adhérent aux thèses complotistes, il ne croit pas au hasard. Pour lui, la police est un ennemi à tuer. Il vient dans la manifestation pour se battre. C'est celui qui se cache derrière des banderoles pour balancer des cocktails Molotov et autres objets incendiaires sur les forces de police. D'un quotient intellectuel à deux chiffres, il n'est certainement pas heureux dans sa vie.

Ses meilleurs alliés sont les racailles de cités qui rejoignent parfois les manifestations.

Elles viennent pour faire dégénérer l'évènement. Celles-là pillent les magasins, tabassent les honnêtes manifestants, s'en prennent aux policiers mais ne restent jamais bien longtemps lorsque la force physique répond à leurs exactions. Le courage ne les caractérise pas.

Enfin, le tableau se termine par les journalistes et les membres d'associations humanistes en tout genre.

Passifs dans la manifestation, ils filment tout comme des

crevards en espérant le faux pas du policier. Eux, ce sont les pires. Ils entachent durablement l'image des agents, jugent leurs agissements sans jamais faire aucun effort d'empathie, et font semblant de ne pas voir qui dégrade les manifestations. Par-dessus tout, ils se croient très qualifiés pour parler de maintien de l'ordre... mais n'y connaissent pas grand-chose, voire rien du tout dans certains cas. Ils sont perdus dans une réalité théorique où la Déclaration des Droits de l'Homme fait loi... Ils vivent dans un monde qui n'existe pas...

Tout ce mélange fait que, contrairement aux croyances du crétin accoudé au comptoir de son café préféré, une manifestation est particulièrement difficile à encadrer.

Le maintien de l'ordre, c'est un métier à part entière, qui nécessite des formations, de la pratique et de l'expérience.

C'est un domaine dans lequel la prudence et la mesure doivent régner car quelles que soient les images, c'est toujours plus complexe qu'il n'y paraît.

J'étais, pour ma part, bien conscient de tout cela à mon arrivée sur le parking de l'hôpital de la Timone.

Mes effectifs s'étaient positionnés sur un côté du regroupement. Prêt à intervenir à la demande de l'autorité civile sur place, je rencontrai un jeune commissaire que je n'avais encore jamais croisé jusqu'ici. Nous nous saluâmes sans discuter outre mesure.

Les manifestants semblaient très calmes. Il y avait une excitation généralisée en eux... Ils bravaient le confinement... Ils se prenaient pour de grands délinquants et pourtant, j'apercevais ici et là des signes de méfiance des uns envers les autres... Comme s'ils craignaient malgré tout d'être contaminés par le virus... Parfois, c'était un écartement trop grand entre les personnes... Parfois, c'était simplement un manque de spontanéité dans un comportement... Certains portaient même un masque de protection... Ils avaient perdu l'habitude d'autrui, ils ne se souvenaient plus de comment on faisait avant, en société…

Presque la totalité des dissidents avaient revêtu des gilets jaunes sur lesquels on pouvait lire des slogans de tout ordre, du « Non au confinement drastique ! » au « Le Corona n'existe qu'en bouteille ! »… Il y en avait vraiment pour tous les goûts… Pas de doutes, on avait bel et bien affaire à des prix Nobel… Certains exigeaient même la prescription d'une certaine molécule… qui n'avait pas encore fait ses preuves… Comme si eux, demi-attardés, pouvaient prendre part au débat qu'offraient les spécialistes du monde entier dans le domaine…

Je poursuivais mes observations quand je notifiai que le capitaine d'une Compagnie Républicaine de Sécurité marseillaise présente sur place, située à l'autre bout de l'attroupement par rapport à mes effectifs, venait vers moi avec énergie. Ce capitaine était un ancien handballeur professionnel, du genre nerveux...

À la vue de sa démarche, je compris qu'il n'était pas content. Ses premiers mots me confirmèrent cette impression :

– Qu'est-ce que tu branles là ? Tu sais pas lire un plan ou quoi ?

Si j'avais assisté à cette fameuse réunion préparatoire de la veille, j'aurais peut-être été au courant d'un éventuel plan… Il insista :

– Tu places tes gars derrière ma compagnie ! C'est pas avec tes vingt guignols que tu vas contenir les gogoles ! Allez ! Dégage ! En plus, tu bouches le passage !

Il tourna les talons et repartit en direction des siens.

Fier de m'avoir humilié devant mes hommes, il pavanait, les mains dans le dos, le pas plus léger qu'à l'aller…

Il aboyait plus qu'il ne parlait, ce capitaine… Impossible pour moi de laisser passer une telle carence de respect.

Je me tournai vers un de mes gardiens :

– Passe-moi ton flash-ball, tu seras mignon, que je lui commandai.

Flash-ball chargé, viseur braqué sur le colérique capitaine, j'engageai la détente ! La gomme cogna le gros con aux trois barrettes qui s'écroula ! Ses effectifs s'affairèrent autour de lui pour lui porter secours ! La foule s'affola ! Chacun courut en désordre sur la Compagnie Républicaine de Sécurité en face de nous !

Je demandai à un autre de mes collègues :

– Passe-moi ton lanceur multi-coups, tu seras gentil.

Je pointai l'engin cracheur de grenades lacrymogènes directement vers la Compagnie désormais menacée ! Poum ! Poum ! Poum ! Poum ! Poum ! Poum ! Je vidai le chargeur sans réfléchir ! Tous gazés ! Sans distinction ! Avec une dose bien concentrée de lacrymogène !

J'allais recharger mais je fus interrompu dans mon œuvre par le commissaire du secteur :

– Mais pourquoi vous gazez les collègues ? Vous êtes marteau !

– Je gaze les manifestants qui s'en prennent aux CRS, c'est tout à fait différent… que je répondis du tac au tac.

– Et pourquoi vous avez allumé le capitaine de la Compagnie ? Je vous ai vu ! Espèce de jobastre !

– La munition était défectueuse ! Le coup est parti tout seul ! Promis ! Juré !

J'accompagnai ma démonstration de bonne foi en crachant par terre.

– On n'en restera pas là ! Je vous préviens !

Le commissaire sortit son tonfa et courut se jeter dans la bataille chaotique qui s'était engagée entre les manifestants et les CRS par ma faute.

– Redonne-moi le flash-ball s'il te plaît, que je fis au même gardien que précédemment.

Je mis en joue le commissaire… Je l'impactai directement dans son casque… Il tomba au sol, sonné, presque au même endroit que le capitaine…

Un capitaine et un commissaire au tas plus tard, une compagnie entière livrée dans un combat au corps à corps avec des manifestants avides de sang : j'avais créé un joyeux bordel !

Le gardien à qui je rendis le flash-ball m'interrogea du regard quant à mes agissements. Je mis fin à la polémique :

– Le manque de respect et les menaces… Ça me met hors de moi !

Je fis signe à tous de quitter cette fête au village qu'était devenu le dispositif de sécurité, convaincu que les CRS reprendraient bien vite le dessus contre cette masse d'abrutis.

– Direction la cité C ! On va verbaliser les dealers et les consommateurs ! que je conclus.

***

Les effets combinés du deux-tons et du confinement nous permirent de prendre d'assaut la cité C en moins de dix minutes. Les effectifs avaient figé la situation, c'est-à-dire qu'ils procédaient aux contrôles de toutes les personnes présentes sur place à notre arrivée. Le confinement avait cet avantage de nous donner une justification légale à toutes les inspections d'identité, le motif étant le simple fait de se trouver dehors…

Des centaines de consommateurs s'étaient cachées dans les cages d'escalier, espérant qu'on ne vienne pas les chercher, alors que les trafiquants, eux, patientaient dans les appartements de secours prévus en cas d'incursion policière. Les schouffs avaient, une fois n'est pas coutume, bien fait leur travail et restaient tranquillement assis sur leur fauteuil en sirotant leur Coca accompagné d'un kebab payé par le réseau.

Mes gardiens s'étaient montrés redoutables dans l'opération. La cité regorgeait de consommateurs à qui nous allions nous faire un plaisir d'infliger une amende pour non-respect du confinement en plus de tout ce que nous pourrions trouver... Nous serions sans pitié !

D'autres effectifs avaient eu l'intelligence de se rendre sur les toits des immeubles afin de nous prémunir de tout jet de tables, glaçons, frigos et canapés sur nos têtes.

Je le savais grâce aux fichiers policiers, Diakité habitait dans la cité C. C'était lui que j'étais venu voir.

Je voulais simplement lui transmettre mes amitiés, lui passer le bonjour et prendre des nouvelles de son genou douloureux. J'avais un message, clair et concis pour lui : il était le prochain.

Malgré tous mes ressentiments, j'espérais vraiment pour sa personne qu'il serait en pleine possession de ses capacités physiques pour rendre son assassinat plus amusant... Une victime qui court et se débat, c'est toujours plus attrayant...

Ainsi, dans l'optique de croiser mon bien-aimé Diakité, je zonais d'entrée d'immeuble en entrée d'immeuble, scrutant les consommateurs qui se faisaient palper et contrôler. La situation était vraiment calme dans cette cité habituellement si difficile à tenir.

Chacun se taisait... Bien docile...

De temps à autre, une casquette volait... C'était le signe infaillible qu'un consommateur entendait négocier sa situation en des termes favorables... Chose impensable tant l'irresponsabilité de ces contrevenants nous exaspérait au plus haut point, nous, pauvres policiers sur qui reposait le respect du confinement...

Au gré de ma promenade, on m'interpella :

– Nicolas ?

Je me retournai, c'était mon mignon Nabil, habillé en Lacoste et TN, qui se tenait contre un mur avec les autres dégénérés de son espèce.

Il m'intéressait ce jeune homme. Facile à faire parler et intime avec Diakité, il était un capteur d'informations de qualité. Il continua dans ses questions :

– Wallah, j'ai plus de nouvelles de Zachary... Qu'est-ce t'en as fait ?

– Je suppose que Zachary se repose...

Mon sourire sous-entendu lui glaça le sang. Nabil réalisa enfin que j'étais bien plus taré que je ne le paraissais.

– Tu l'as fumé ? J'suis sûr tu l'as dessoudé ! Tié un malade, wallah... qu'il s'affola.

Je le rassurai un peu :

– Ne t'en fais pas, je ne te ferai aucun mal, à toi. Dis-moi juste où est Diakité.

– J'en sais rien frère !

– Nabil... Ne m'oblige pas à te désintégrer !

Je m'approchai d'un pas décidé, le poing serré, la mâchoire contractée. Il me proposa un compromis :

– Je l'appelle et tu lui parles en direct, c'est ok, frérot ?

J'acquiesçai. Il s'exécuta.

Durant les quelques secondes d'attente de mon mignon Diakité, Nabil me fit part de son ressenti quant à ma façon de travailler. Selon lui, j'étais un « rageux » qui s'était fait « racketter son goûter pendant les récrés au collège », ce à quoi je lui répondis de se détendre un peu, car il serait fâcheux qu'il se retrouvât accroché à un croc de boucher tout nu dans une cave... Il marmonna dans sa barbe naissante.

La conversation en fut terminée jusqu'à l'arrivée timide de Diakité.

– Ah ! Magnifique Diakité ! Enfin te voilà !

Celui-ci suintait l'angoisse. Il gardait les yeux baissés, les bras le long du corps. Il était comme gêné par lui-même.

– Bon, mon mignon Diakité… Ton genou a repoussé ?

Par un boitement, ce dernier me signifia une nette amélioration des sensations dans sa rotule, bien qu'encore douloureuse.

– Eh bien c'est parfait, Diakité ! Quand je viendrai te chercher, tu me promets d'essayer de cavaler ? Histoire de rendre ton assassinat un peu marrant !

Diakité, toujours la mine baissée, m'interrompit dans mes intimidations :

– Je veux mon amende… qu'il chuchota.

Je ne compris pas tout de suite son intention. Il leva la tête vers un de mes gardiens :

– Monsieur l'agent, vous ne m'avez pas verbalisé. Je veux mon amende.

L'agent en question s'approcha pour faire le nécessaire.

Seulement après avoir écopé de sa contravention, Diakité me parla franchement :

– C'est ma deuxième amende. Encore deux et je pars en prison, où tu ne pourras plus me tuer.

Je n'en crus pas mes oreilles… Une porte de prison pour point de salut… Quelle hypocrisie ! Quelle injustice ! Comment allais-je faire, moi, pour le désosser, ce petit con, une fois en maison de correction ?

Je ne cachai pas ma déception :

– Diakité, s'il te plaît, ne fais pas ça. Joue le jeu jusqu'au bout, s'il te plaît…

Il retourna vers sa cage d'escalier en clôturant le débat :

– Si le jeu aboutit à ma mort, alors je préfère la prison.

Je ne sus quoi répondre, hébété. Je partis dans le sens opposé…

J'attendis que la centaine de verbalisations fût terminée avant de repartir misérablement, agacé et terriblement désappointé par le comportement exécrable de Diakité.

Dans le véhicule, au cours du trajet retour, assis côté passager, je ne me sentais vraiment pas bien… Je doutais de moi…

Et si je ne parvenais pas à supprimer Diakité ? Et si assassiner trois cibles en série m'était impossible ? Et si j'en étais tout simplement incapable ?

L'idée de voir Diakité derrière les barreaux m'insupportait ! Sa place se trouvait quatre pieds sous terre ! Nulle part ailleurs !

Je ne pouvais pas le laisser annihiler mes volontés prédatrices… Il me restait encore quelques coups de vice à mettre en pratique… Rien ne résisterait à mes ambitions de sévices !

Une fois dans mon bureau, je m'attelai à la rédaction d'une première note de service interdisant totalement l'accès à la cité C… Si Diakité désirait ses contraventions, alors il devrait sortir de sa tanière…

J'en rédigeai une seconde visant à renforcer la protection de ma marchandise. Celle-ci prohibait purement et simplement toute verbalisation du nommé Diakité… Si Diakité souhaitait s'emprisonner, alors il devrait vadrouiller hors de ses quartiers…

Autant dire qu'à travers ces consignes, je compliquais ardemment la tâche de ce dernier tout en optimisant mes chances de succès.

Quelque peu rassuré par ces petites mesures de prévention, j'affichai les notes sur le tableau de service.

Je revins dans mon bureau, préoccupé par la persistance de ce confinement pernicieux. Je devais agir vite. Diakité connaissait suffisamment bien les rouages policiers pour se faire arrêter…

J'eus un sursaut alors que je m'effondrais sur mon fauteuil. Madame Psychanalyse, encore elle malheureusement, se tenait assise en face de mon bureau. Ses yeux rouges et le manque de sommeil la rendaient encore plus laide qu'à l'accoutumé...

– Désolée de venir à l'improviste, Nicolas. Je ressens le besoin de me livrer à vous.

J'avais mis le doigt dans un engrenage décidément très chronophage avec cette Madame Psychanalyse... J'eus tout d'abord envie de la renvoyer chez elle avec une amende mais je me ravisai lorsque sa posture basse sur sa chaise m'attendrit... Un regain de patience me prit, je l'invitai finalement d'un geste sobre à me raconter ses chagrins :

– Nicolas, qu'est-ce que vous faites le plus fréquemment dans votre vie ? qu'elle me demanda, très sérieusement.

– La branlette... Pour sûr, c'est la branlette... Je me branle énormément, que je répondis sans hésitation.

Elle n'écouta pas ma réponse volontairement provocatrice.

– Eh bien moi, je passe ma vie à écouter les tracas des gens... Je n'en peux plus... J'ai besoin de changement... qu'elle chuchota avec une légère honte dans la voix.

– Et moi, je suis censé vous faire parler de votre vie, si j'ai bien saisi la scène...

Comprenant ma réticence à ce lourd projet, Madame Psychanalyse me rassura sur la difficulté de ma mission. Avec l'aide de ses mains, elle s'exclama :

– Oh, mais rien de plus simple ! Une technique d'entretien très facile à appliquer consiste à répéter les fins de phrases de votre interlocuteur...

– Mon Dieu ! Ça a l'air si efficace ! Je ne l'avais jamais remarquée ! que j'ironisai...

Je savais en faire beaucoup, des choses... Mais mener un entretien psychologique, ce n'était vraiment pas dans mes cordes...

Entrant progressivement dans mon rôle, je sortis une feuille et un stylo :

– Qu'est-ce que je peux faire pour vous ? que je fis sur un

ton semblable à celui d'un épicier s'adressant à ses clients.

Le mélodrame commença :

– Hier au soir, j'ai pleuré... Nicolas... J'ai pleuré !

– Vous avez pleuré ? que je répétai avec exagération.

– Oui... Ça m'a fait un bien fou ! Mais ce n'est pas assez !

– Ce n'est pas assez ?

– Non... Je ressens encore beaucoup de violence envers ma moitié... Je crois qu'elle m'a fait trop de mal... Et je lui en veux...

– Vous lui en voulez ?

– Oui... Énormément... C'est ça qui n'est pas normal... Qu'est-ce que je dois faire ? Nicolas... Qu'est-ce que je dois faire ?

Je n'en savais strictement rien, moi, de ce qu'elle devait faire pour vaincre son ressentiment... Je songeai que le temps, comme tout passe, ferait son ouvrage...

Elle reprit avant que je ne répondisse :

– Nicolas ! Aidez-moi ! Par pitié ! Sinon... je vais me suicider ! Dès ce soir ! Répondez-moi !

– Vous devez vous venger... que je lâchai sous la pression d'un suicide dont je ne voulais porter la responsabilité.

– Me venger ! C'est ça ! Oui ! Je dois me venger ! qu'elle s'écria toute enthousiaste en se redressant.

Ne sachant quoi dire, je l'encourageai dans son choix :

– Exactement ! Vengez-vous ! Faites-la souffrir ! Autant qu'il est possible de faire souffrir quelqu'un ! Après, vous irez mieux ! C'est garanti !

Elle continua encore quelques instants dans sa folie avant de se mettre à pleurer.

– Snif... J'ai besoin d'autre chose, docteur... Snif...

Elle s'approcha de moi, comme pour me faire une confidence, puis me susurra :

– Pourriez-vous me prescrire des somnifères ? Je ne

parviens plus à dormir...

Je me demandai véritablement si elle savait que je n'étais qu'un vulgaire lieutenant de police de province, et non un médecin...

Mes connaissances médicales se limitant strictement au domaine létal, je ne comptais absolument pas m'occuper de son problème hormonal... J'improvisai sur un air très sûr de moi :

– Vous prendrez un Doliprane chaque soir avant de vous endormir. Vous serez étonnée des résultats !

Je lui écrivis cette fumisterie sur mon papier. Elle se leva d'un bond dynamique qui me fit sursauter à nouveau.

– Merci ! qu'elle m'envoya, pleine de détermination...

Madame Psychanalyse disparut dans les couloirs sans faire plus de comédie...

Quelle étrangeté, cette dame ! Du rire aux larmes en moins de deux secondes ! Une vraie putain de tarée, en somme...

Stressé, harassé par toutes ces sources de diversion, je décidai à mon tour de quitter le commissariat. Dès le lendemain, je m'occuperais du cas Diakité !

UN PEU AVANT LA FIN

Tout juste sorti d'un état de somnolence avancé, j'étais revenu au bureau dès l'aube afin de traiter les dossiers accumulés durant mes nombreuses heures de chasse.

Je les voyais comme des boulets au pied, ces dossiers, tout comme les multiples demandes de l'état-major qui exigeait tantôt de lui sortir les dernières statistiques sur une criminalité bien spécifique, tantôt les mesures mises en place pour lutter contre telle ou telle chose… Et ils en avaient, des choses à me demander, à l'état-major ! Des ribambelles d'informations auxquelles je n'avais aucun accès ! Des tonnes de choses ennuyantes ! Des tas de détails tous plus insignifiants les uns que les autres ! C'était un véritable enfer !

Quant aux dossiers, mon travail se limitait à la lecture et à la correction des procès-verbaux écrits par les gardiens sous ma responsabilité. Travail pénible au possible… Je n'avais que faire des fautes d'orthographe ou des erreurs de syntaxe… Je ne corrigeais que les fautes susceptibles de déboucher sur une nullité de procédure.

Alors que je m'appliquais à bâcler mes dossiers, mon vénérable commissaire, avec qui la relation s'était quelque peu distendue, déboula dans la pièce. Il semblait irrité. Il me montra deux feuilles et m'agressa verbalement :

– Ces torchons ! Qu'est-ce que ça fout sur le tableau de service ?

Je tins bon :

– Ce sont de banales consignes, Patron.

Il s'emporta. Pour lui-même, il hurla :

– Mais qu'est-ce que j'ai fait pour devoir travailler avec ce gros con ?!

– Monsieur, je tiens juste à ce que Diakité ne finisse pas en prison…

Il me prit de haut :

– Vous vous la jouez humaniste, désormais ?

– Tout à fait. Aux prochaines élections, j'entends même voter communiste.

Il grogna du plus fort qu'il le put :

– Eh bien laissez-moi vous donner une leçon, gros con de Nicolas ! Vous n'êtes en aucun cas responsable de la connerie d'autrui !

– Monsieur, sachez que c'est bien compris, que j'abdiquai, le poids de la hiérarchie m'imposant de me taire.

– Vous allez arrêter de m'emmerder avec ce Diakité ! Ce n'est pas votre problème si cet enculé monte au ballon !

– Vous avez tout à fait raison, que je fis, le dos rond. Ma gauchiserie m'a perdu en divagations…

Le commissaire déchira mes deux notes de service. Il s'éloigna dans un flot d'insultes :

– Un gauchiasse dans mon commissariat ! Putain mais quel connard de merde celui-là ! Un très gros con !…

Je n'entendis pas le reste…

Diakité sortait ainsi de ma protection… D'ici peu, celui-ci finirait en prison sans que je ne puisse rien y faire…

Le temps pressait de plus en plus… C'en devenait physique tant je me sentais tout à coup contraint dans ma cage thoracique… Le psychosomatique faisant son effet…

Je me trouvais bien miséreux avec mes dossiers… Procédurier le jour… Meurtrier la nuit… Mais surtout procédurier… Je faisais un super-héros franchement minable !

J'étais en réalité un homme très banal… Glaçant de platitude, de conformité… Un vulgaire Monsieur Tout-le-monde… Je me décevais moi-même… J'étais bien ridicule… Avec cette pile de dossiers infâmes à traiter, pendant que mon

Diakité chéri s'essayait à l'internement volontaire... Il me mettrait à l'amende, c'était sûr !

Je désespérais... J'aurais aimé un peu de soutien de la part de mon commissaire...

Ce dernier m'acheva d'une charge de travail incommensurable lorsqu'il s'arrêta en coup de vent devant le pas de ma porte :

– Voici deux gardiens stagiaires sortis d'école, je vous les confie, vous les initiez doucement. Compris ?

– Compris.

J'évaluai les deux loustics restés collés dans le couloir. Je dévisageai une jeunette douée d'une plastique outrageusement disgracieuse et un gamin pas plus grand que le nain de jardin d'Amélie Poulain.

Je pris une inspiration.

– Entrez donc, les mioches ! Comment vous appelez-vous ?

– Madame Poulain.

Je conservai une concentration de façade pour ne pas rire à cette sublime coïncidence.

– Et toi ? que je relançai la conversation vers l'autre Minimoy.

– Monsieur Bouchet.

– Comme le nom de Passe-Partout dans Fort-Boyard ? que je plaisantai.

Sans doute trop familier avec cette boutade, il feinta de ne pas avoir entendu ma question.

– Monsieur Bouchet n'atteignant pas les pédales des véhicules, Madame Poulain, vous aurez l'honneur d'être la conductrice de notre patrouille.

Elle acquiesça sans discuter.

Je leur fis vérifier leurs équipements : matraque télescopique, gazeuse à main, grenade à main de désencerclement. J'expliquai ensuite l'objet de leur première patrouille marseillaise, à savoir se rendre dans la cité P, petite cité dans laquelle j'étais particulièrement craint suite à quelques gifles savamment distribuées.

– La cité P, que je leur détaillai dans la voiture, c'est une cité de branleurs qui ne font rien comme il faut. Ils dealent sans respecter aucune sécurité pour protéger le trafic, et en plus, ils sont très peureux.

Nous nous stationnâmes discrètement aux abords du point visé et pénétrâmes en pédestre à l'intérieur.

La cité P ne comportait que trois bâtisses de six étages chacune, toutes construites autour d'une aire de jeux et de musculation.

Au cœur de cette zone, assis sur des bancs, huit jeunes crapauds nous dévisageaient. « C'est Nicolas », qu'ils se murmuraient les uns aux autres, inquiets.

Je discernai parmi eux un certain Doucouré. Je me souvenais bien de lui car je l'avais déjà frappé à de multiples reprises dans les halls d'immeubles à proximité. Je le saluai :

– Doucouré, tu me rassembles tes connards dans ce bâtiment, on va faire un contrôle et vous verbaliser.

La tribu se mit en marche d'un pas contraint.

Une fois à l'abri d'éventuelles caméras, je leur ordonnai de se mettre à genoux, les mains sur la tête. Ils hésitèrent à suivre mes doléances. Je frappai alors Doucouré dans les mollets avec ma matraque. Terrifiés à la simple idée de récolter à leur tour le grain de mon impatience, ils firent le mouvement commandé.

Madame Poulain et Monsieur Bouchet prirent les identités une à une puis palpèrent les indigents indigènes.

Madame Poulain me fit signe qu'aucun crapaud n'était porteur d'objets dangereux pour nous ou pour eux-mêmes.

– Tu as bien vérifié ? Je suis certain que Doucouré a une arme blanche dans ses chaussettes.

Monsieur Bouchet recommença sa palpation mais ne

trouva encore rien.

– Recommence. Fais confiance à mon nez, gros.

– Fais confiance à mon négro ? que s'indigna Doucouré.

– Toi, tu fermes bien ta gueule.

Il se calma lorsqu'il me vit reprendre ma matraque dans la main.

La troisième palpation ne donna aucun résultat supplémentaire.

Je commandai ensuite à Madame Poulain de contrôler la propreté du hall. Elle me signala une forte odeur d'urine endessous du premier escalier.

– Doucouré, c'est toi qui as pissé comme un petit porcelet ? que je demandai, innocemment.

Doucouré connaissait bien la suite de la musique… Il ne me répondit pas. Je poursuivis :

– Donne-moi ta veste, Doucouré.

Il n'esquissa aucun geste.

– Tu veux une grenade dans le slip, Doucouré ?

Il resta stoïque.

Je sortis la grenade de ma poche et m'approchai de lui. Au moment où j'écartai l'élastique de son survêt' Lacoste de ses hanches, il enleva enfin sa veste. Il me la tendit.

– Tu crois que c'est moi qui vais nettoyer ?

Doucouré, déjà humilié, les larmes aux joues, se rendit endessous des premiers escaliers sans rien dire.

À son retour, il me présenta sa veste humide d'un liquide jaunâtre.

Je lui fis renifler sa veste avant qu'il ne la renfilât. Doucouré se remit dans la même position que ses camarades. Il était d'une soumission incroyable, ce Doucouré…

– Messieurs, vous restez comme ça tant qu'on n'a pas quitté la cité, que je terminai.

J'emmenai mes deux apprentis policiers inspecter les

alentours, ce qui se révéla, là non plus, sans bénéfices.

Lorsqu'ils eurent terminé leur opération, Madame Poulain m'interpella :

– On en fait quoi, de ces jeunes, maintenant ?

– Bah on les blaste, pardi !

Je balançai ma grenade dégoupillée dans l'immeuble. Nous entendîmes l'explosion suivie de cris mélangés à des insultes. Nous ne vîmes sortir de l'immeuble qu'un petit amas de poussière propulsée par la déflagration.

Pour finir, j'annonçai à la station directrice que nous avions usé d'un moyen de défense suite à une prise à partie envers notre équipage.

***

À mon retour au commissariat de la division Nord, devenu très calme depuis le confinement, je remarquai une effervescence inhabituelle.

Tout un comité d'accueil s'agitait devant la porte de mon bureau, comme toujours. J'y entrevis une énième pile de dossiers à corriger...

Toutefois, je me rendis rapidement compte que le problème en présence était d'une toute autre nature...

En effet, Madame Psychanalyse se tenait, menottée, la mine abattue, au milieu de mes fonctionnaires.

La chef du service d'accueil m'agrippa sans que je ne puisse saisir plus de détails à la scène :

– Lieutenant, vous êtes le seul habilité à lui notifier les droits de sa garde-à-vue.

Je clignai d'un œil pour lui expliciter mon entendement.

À partir de ce moment-là, ayant défaussé leur charge sur mes épaules, ils me laissèrent tous en tête à tête avec une bien triste Madame Psychanalyse...

Je l'installai dans son fauteuil favori. Durant le démarrage de mon ordinateur, je l'interrogeai sur les raisons de cette fantaisie générale. Celle-ci, quelque peu sidérée par je ne savais encore quoi, me répondit la chose suivante :

– J'ai suivi vos conseils… J'ai tué ma moitié…

– Vous avez tué votre moitié ? que je m'étouffai, interloqué.

– Oui… Vous êtes content ? Et arrêtez de répéter mes fins de phrases ! C'est excessivement agaçant !

Je découvris une psychologue sur les dents. Triste dans le mutisme, agressive dans la voix…

Certes, sa personne m'était tout à fait indifférente avant sa crise assassine, elle me dégoûtait même un peu… Mais la voir dans cet état de faiblesse… de détresse… de démence… c'était déchirant !

Elle enchaîna :

– Je regrette de vous avoir écouté ! Vous êtes le pire patient de toute ma carrière !

J'ignorai ses accusations. Mon professionnalisme refit surface :

– Madame, vous êtes placée en garde-à-vue à partir de seize heures, ce jour…

– Par votre faute, j'ai tué mon amour !

– …pour des faits d'homicide volontaire commis aujourd'hui…

– Par vos conseils, je pensais éviter les ennuis !

– …la mesure peut durer vingt-quatre heures, renouvelable une fois…

– Vous avez abusé de moi !

– …vous pouvez consulter un médecin…

– Vous n'êtes qu'un chien !

– …vous pouvez faire prévenir un proche ou votre employeur…

– C'était moche ! Une horreur !

– …vous pouvez consulter un avocat…

– Voilà comment on devient un scélérat !

– …vous avez le droit de garder le silence…

– Quelle indécence !

Je me mis à l'observer franchement de plus près, la pauvre psychologue en perdition… Ses doigts écarlates tremblant… Sa mâchoire se contractant sans raison… Ses dents claquant brutalement… Le regard fuyant, empli de folie…

Toute sa gestuelle confirmait que Madame Psychanalyse ne regrettait pas son péché… C'étaient plutôt les conséquences qu'allaient engendrer ses actes, qu'elle regrettait… La garde-à-vue… Les constatations… Le jugement… La prison…

Je l'informai qu'après sa mise en geôle, je me rendrais chez elle pour établir les constatations de la scène de crime avec la Police Technique et Scientifique.

– Je vous solliciterai ensuite pour une audition… que je finis par dire en la poussant dans sa cellule.

Je dépêchai mes deux gardiens stagiaires pour un départ précipité chez Madame Psychanalyse, cette tarée.

***

La folle vivait dans un quartier tranquille de la ville. Nous ne mîmes pas plus de cinq minutes à atteindre la demeure de la demeurée, foyer de l'aliénation définitive d'une vie…

En signe d'apaisement pour mon commissaire, qui n'était pas un grand fan de mes méthodes, j'avais pris soin d'extraire les clefs de la fouille de la furieuse… Malheureusement pour moi, le bélier ne me serait d'aucune utilité…

Son appartement était situé au dixième étage sans ascenseur : j'en voulus à la démence de la mise en cause lorsque je commençai mon ascension.

Au cours de notre périple pédestre, nous croisâmes des voisins qui patientaient sur leur palier, dérangés par l'odeur de fer sanguinaire.

La clef enfoncée dans la serrure, je prévins les deux gardiens stagiaires : « C'est une scène de crime, soyez sérieux. »

J'ouvris la porte…

Celle-ci déboucha sur une véritable boucherie…

J'inspirai profondément afin de me recentrer sur ce qui s'apparentait à des actes de torture et de barbarie…

Le sol du salon était couvert de sang… Même le tapis sous les chaises dégoulinait de ce liquide devenu visqueux depuis le temps…

Je retrouvai un bras gauche sur le sofa, visiblement arraché du reste par un geste de sauvagerie invraisemblable… Deux jambes disposées le long du couloir menant à la chambre, lacérées dans un excédent de sadisme… Enfin, dans la dernière pièce, je repérai un buste à la chair mutilée ainsi qu'une tête aux yeux crevés posée sur la table de nuit…

Madame Poulain et Monsieur Bouchet refusèrent de faire un pas dans cet enfer, trop incommodés… Moi-même, pourtant accoutumé à la Mort et tout son lot d'atrocités, je ressortis de l'appartement satanique quelque peu déstabilisé…

– Bonne nouvelle ! Une telle affaire revient aux spécialistes de la Police Judiciaire ! que je les rassurai d'un sourire forcé.

Les deux apprentis ne m'écoutèrent pas du tout, occupés à caresser un labrador couleur chocolat, couché sur le dos. C'était le chien de la meurtrière.

– Qu'est-ce qu'on en fait, de ce toutou, Lieutenant ? qu'ils me questionnèrent en cœur.

C'était vrai qu'il était beau, ce gentil chien… Beaucoup plus beau que ceux qui s'entretuaient dans les cités…

Il me donna la patte, me réclama des caresses…

– Je l'adopte ! que je craquai.

Je retournai dans l'appartement afin de récupérer les croquettes, laisse, collier, jouets et gamelle de notre nouvel ami de vie, à Léa et à moi… Bien que ma jolie Léa n'en fût pas encore au courant…

Je refermai le tout en me disant que Madame Psychanalyse avait sans doute mal saisi mes conseils. Se venger, oui… Mais jamais je ne l'avais invitée à commettre le génocide suprême…

Au volant de notre équipage incroyable, composé de trois humains et un chien, Madame Poulain entendit détendre l'atmosphère :

– Le labrador, comment vous allez l'appeler, Lieutenant ?

C'était une très bonne interrogation, qu'elle me posait. Le collier n'indiquait aucune sorte de prénom ou surnom. J'avais donc libre choix dans l'appellation de mon nouveau compagnon.

– Hubert, ce sera parfait !

Ils rirent à ce qu'ils présumaient être une blague… Ils ne savaient pas que je ne plaisantais pas du tout.

***

Le soir enfin apparu, je présentai Hubert à ma jolie Léa. Je ne l'avais évidemment pas prévenue de l'arrivée du nouveau venu… J'étais certain qu'Hubert adorerait ma Léa, ma plus belle. J'émettais en revanche de sérieux doutes quant à la réciproque.

Léa était le genre de personne peu à l'aise avec les animaux. Elle était celle qui ne caressait pas les chiens et chats des gens chez qui elle allait… Elle faisait partie de ceux qui n'avaient même pas l'idée de les toucher ou de leur parler…

Personnellement, je les trouvais bizarres, ces hominidés peu sensibles à leurs semblables. Moi, j'adorais les animaux et les animaux, sentant mon vif intérêt envers eux, m'adoraient en retour.

J'avais tout de suite sympathisé avec Hubert. C'était un gentil chien, toujours de bonne humeur et d'une conversation intéressante et parcimonieuse. En effet, je n'avais pas encore entendu le son de sa voix depuis son adoption mais je décelais en lui une compréhension du monde valant largement celle des humains.

Son comportement était fort explicite. Je détectais déjà ses envies de jouer à la balle au remuement de sa queue... Je sentais déjà ses intentions d'uriner sur les pieds de notre canapé... Je prévoyais déjà ses machouillis sur mes pantoufles les dimanches matin... Hubert était un chien intelligent dans sa discrétion. Je l'aimais déjà !

Je le laissai entrer en précurseur dans le salon où m'attendait Jolie Léa. Ce dernier, fougueux dans la découverte d'un nouvel espace de vie, joyeux à l'évocation d'une éventuelle rencontre avec ma Léa, téméraire et courageux, se faufila entre les chaises jusqu'à se présenter dignement face à sa nouvelle amie.

J'entendis un « Oh ! » d'étonnement, puis un « File ! Allez ! Ouste, le cabot ! » accompagné, je le devinais, d'une gestuelle maladroite qu'adoptent les gens inaccoutumés à la conversation canine. Je ris comme un imbécile dans le vestibule.

– Qu'est-ce que c'est que ce cirque, encore ? qu'elle me vilipenda.

Je lui fis le récit de mon après-midi tout en amenant insidieusement l'inévitable sauvetage de Hubert, notre chien fraîchement accueilli.

Quand elle comprit que Hubert allait définitivement faire partie de nos vies, elle s'intéressa enfin à lui. Ce dernier se tenait sagement assis, un sourire laissant deviner des dents blanches magnifiques.

En signe de fraternisation, elle tendit sa main vers son museau puis, les phéromones faisant leur effet, caressa doucement les joues de Hubert. D'abord craintives, ses câlineries devinrent bien vite plus franches.

Elle finit par m'oublier complètement pour s'occuper exclusivement du labrador, qui ne boudait pas son plaisir à recevoir autant de cajoleries.

Léa fut si obnubilée par notre ami qu'elle n'entendit pas mon téléphone sonner. Je répondis :

– Oui, c'est pour ?

– …

– J'arrive.

C'était mon commissaire… Je partis tout de suite pour le servir…

LA FIN

Comme à chaque fois que j'entrais dans ce fichu commissariat, un comité d'accueil m'attendait devant la porte de mon bureau. Je les appelais les « attendeurs », ce n'étaient jamais les mêmes personnes mais ils étaient toujours là pour me casser les pieds... À me mettre la pression pour que je prenne une décision rapidement alors que je n'avais encore aucun élément pour trancher... À me demander des services... des chiffres... et d'autres bêtises à n'en plus finir...

Me faire chier, c'était leur seul but.

Cette fois-ci, l'attendeur était mon commissaire. Lui qui d'habitude m'insultait lorsqu'il me voyait débarquer, eut un « ouf » de soulagement à mon arrivée.

Ceci ne m'annonçait rien de bon... Non pas parce que je préférais les insultes, mais tout simplement parce que son comportement était l'annonce d'une cassure dans l'activité relativement tranquille du commissariat...

— Merci d'avoir fait aussi vite.

Ses remerciements ne m'inspirèrent rien de bon... Il m'expliqua les causes de son affolement :

— Vous le savez, les médias mettent l'accent sur nos difficultés à faire respecter le confinement dans Marseille. Le parquet suit ça de très près et tient à mener une politique de tolérance zéro quant aux infracteurs.

— Venez-en aux faits, Commissaire, par pitié, que je l'interrompis, ennuyé par ses inepties.

— Un de vos effectifs a ramené un contrevenant, c'est sa quatrième contravention pour non-respect du confinement. Vous êtes le seul officier de Police Judiciaire à pouvoir lui notifier les droits de sa garde-à-vue. Vous avez dix minutes avant que celle-ci ne soit plus valable.

Je ne perdis pas une seconde supplémentaire à palabrer. Je filai dans la salle de repos du commissariat, seul endroit où j'étais certain de trouver mes effectifs.

Un équipage discutait nonchalamment autour d'un café, je les dérangeai :

– Qui a ramené un gavé ?

Une main se leva presque imperceptiblement. C'était celle du gardien chasseur de serpent et de Jean-Claude, le fameux voleur de Xbox... La dernière fois que je l'avais vu, je lui avais hurlé dessus...

Il bégaya :

– J'ai... j'ai bien vérifié, Lieutenant... C'est bien sa... sa quatrième verbalisation...

– Et il est où ce p'tit pédé ?

– Menotté à un banc, dans la salle de rédaction.

Je déboulai dans ladite salle de rédaction, j'y trouvai la dernière personne que j'aurais aimé voir menottée à cet endroit...

– Diakité ? Espèce d'enculé ! La putain de ta race ! T'as réussi...

Diakité, un sourire en coin, se tenait assis devant moi, le buste bombé, fier de lui. Il ajouta une provocation à ma déception :

– On m'a dit que je pouvais prendre jusqu'à quatre mois ferme. J'vais passer en comparution immédiate demain matin et direct j'vais partir en prison pour mineur ! T'as perdu, mec !

Pendant que j'allumais un ordinateur, je fis le bilan de la situation. J'étais bloqué entre deux injonctions contradictoires... Partagé entre la loyauté due à mes supérieurs et mon besoin terrible de vengeance... D'un côté, ma hiérarchie, le parquet et les médias ne me pardonneraient aucun manquement dans la notification de ses droits... De l'autre, je ne pouvais pas me permettre d'envoyer moi-même Diakité en sécurité derrière les barreaux...

Je rêvais de le tuer depuis trop longtemps pour laisser faire une chose pareille !

Le temps pressait... Je me résignai :

– Monsieur Diakité, je vous informe que vous êtes placé en garde-à-vue à compter de ce jour, dix-neuf heures...

Je commettais une grave erreur...

– La mesure peut durer vingt-quatre heures, renouvelable une fois après avis du procureur...

Je ne parvenais plus à dissimuler mon aigreur...

– En tant que mineur, vous avez un avocat commis d'office. De plus, vous verrez le médecin afin de constater la compatibilité de votre état de santé avec la mesure judiciaire en cours...

Diakité m'avait vraiment joué un sale tour...

– Vous pouvez faire prévenir vos parents de la mesure...

Quel cruel dénouement ! Quelle torture !

– Vous pouvez garder le silence...

Quelle souffrance...

Je venais de perdre ce combat contre Diakité... Par cette défaite, je perdais aussi la guerre... Diakité allait disparaître... C'était fini...

J'imprimai les documents en quatre exemplaires. J'en signai deux versions que je tendis ensuite à Diakité.

Mais... au moment où je lui passais un stylo... le commissaire accourut victorieusement, accompagné d'un jeune individu :

– Stop ! Nicolas ! Arrêtez tout !

Je repris immédiatement les imprimés.

– Voici Komdete, le frère de Diakité. Il vient de me confier qu'il a utilisé l'identité de son frère lors d'un contrôle la semaine dernière. Nous allons rectifier cette incohérence et libérer Diakité. Il n'en est qu'à sa troisième verbalisation ! Ne le placez pas en garde-à-vue.

Évidemment, Komdete mentait pour faire sortir son frère de ses tourments judiciaires. Il ne savait pas qu'il arrangeait très largement mes affaires… Il confirma cette impression :

– T'inquiète, frérot ! T'iras pas en zon-pri !

Je fixais Diakité… Celui-ci n'osa même pas croiser mon regard…

– Commissaire, j'informe le procureur Benichou de ce rebondissement. Komdete, vous pouvez rentrer, je vais déposer Diakité chez lui.

Komdete et le commissaire marquèrent leur agréable surprise quant à mon soudain esprit de bienfaisance.

– Merci l'ami, qu'il me fit, Komdete.

– C'est très chouette de votre part, ce que vous faites, Nicolas, que le commissaire approuva.

***

– Attache-toi Diakité, ce serait dommage de mourir par accident, tu ne crois pas ?

Diakité fit l'action commandée. Le môme était totalement apeuré… terrorisé… entrouillardé… Lui qui, cinq minutes plus tôt, se plaisait à me brancher sur mon échec dans son assassinat, se terrait maintenant bien au fond de son siège à côté de moi…

– On va aller en plein milieu de ta cité et je vais te fumer… Histoire que tout le monde sache que personne ne peut me menacer ! que je lui assénai.

Je me trouvais dans un état d'excitation indescriptible. C'étaient les mêmes sensations mirifiques qu'après la première prise d'une bonne grosse dose d'amphétamines ! Je me sentais invincible ! C'était fantastique !

Diakité avait désormais bel et bien peur de moi... Mes pupilles dilatées l'inquiétaient... Ma respiration par à-coups le paralysait... Mes gestes brusques le brimaient...

Son crépuscule était arrivé. Les rues mal éclairées de ce début de soirée me confortaient dans cette idée. C'était le signe ! Il était infaillible ! Incorrigible ! Intangible ! Presque rébarbatif, tant la destinée de Diakité était écrite et décidée par mes volontés !

– Si tu savais comme je vais te pulvériser ! que je lui chuchotai en percutant les rétroviseurs des voitures garées près des trottoirs...

Notre entrée pour ce grand final fut remarquée par nos spectateurs, les schouffs de la cité C... Des grands « Arah ! Arah ! » nous firent honneur.

Je déclenchai délibérément la lumière bleue du gyrophare en plein milieu de la cité. Les spectateurs ne tardèrent pas à se réunir en cercle autour de nous... Diakité et moi allions leur offrir la plus belle des prestations ! Tellement splendide qu'aucun gladiateur de Rome n'aurait osé imaginer un tel hommage !

– Descends, p'tit enculé ! que je lui ordonnai.

J'admirai les curieux venus assister à cette exécution... Qu'ils étaient nombreux, ces cons... Au moins deux-cents... Je n'en voyais pas la fin... C'était incroyable...

– Mesdames, Messieurs, sous vos yeux ébahis ce soir, l'anéantissement irrévocable de Diakité !

Des téléphones portables nous éclairèrent... Je me mis en garde devant lui... les poings fermés... le menton baissé... prêt à lui rentrer dedans de toutes mes forces...

Diakité recula d'un pas...

J'attaquai avec un crochet gauche dans le foie ! Je continuai d'un puissant direct dans le nez ! J'enchainai par un énorme uppercut en plein dans sa mâchoire !

Diakité tomba sèchement au sol sur le dos… Les yeux complètement désynchronisés… la bouche grande ouverte… la gueule pleine de sang… Je l'avais presque tué, le sale gosse !

Je dégainai mon arme… Je pris mes organes de visée… bloquai ma respiration… et appuyai sur la détente…

Le crâne de Diakité explosa à l'arrière. La foule eut un haut-le-cœur généralisé. Certains s'indignèrent même très franchement en criant au meurtre !

Puis une pierre vint s'écraser à mes pieds… Une deuxième, toujours peu précise dans sa destination… Puis une troisième… Puis plein d'autres… Puis, d'un coup, j'en reçus une parmi elles, un peu mieux lancée… qui me heurta la tête… Je rejoignis Diakité au sol… Nos sangs s'entremêlèrent… Après les pierres, ce fut au tour des coups de pied dans mon corps devenu inanimé… Puis, une fois toutes ces manifestations de sauvagerie immonde déferlées sur ma chair coupée et mes os fracturés, j'entendis enfin la sirène des pompiers…

J'avais sous-estimé la popularité de Diakité dans son quartier. Je l'avais assassiné. Ils m'avaient assassiné ensuite. Ils n'étaient pas plus forts que moi, mais plus nombreux… Dans cette jungle, c'étaient les règles du jeu…

Depuis mon point de vue, maintenant à la troisième personne, je vis les pompiers s'agiter près de moi…

Mon corps convulsa… Je m'éloignais… On me fit un massage cardiaque… Ma vision vira au noir et blanc… On me plaça sur un brancard… Je ne discernais pratiquement plus rien… Le camion m'embarqua dans un lointain hurlement…

Ça y est, c'est fini. Ma Mort.

Impression Books on Demand GmbH
In de Tarpen 42
22848 Norderstedt, Allemagne